Théophile Gautier

# Mademoiselle de Maupin

Abrégé par
Marie-Hélène Sabard

Classiques abrégés
*l'école des loisirs*
11, rue de Sèvres, Paris 6e

*ISBN 978-2-211-20421-7*


*Loi numéro 49.956 du 16 juillet 1949 sur les publications destinées à la jeunesse : mars 2011*
*Dépôt légal : mars 2011*
*Imprimé en France par CPI Bussière*
*à Saint-Amand-Montrond*
*N° d'édit. : 1. N° d'imp. : 110119/1.*

# PRÉFACE

Une des choses les plus burlesques de la glorieuse époque où nous avons le bonheur de vivre est incontestablement la réhabilitation de la vertu entreprise par tous les journaux, de quelque couleur qu'ils soient, rouges, verts ou tricolores.

La vertu est assurément quelque chose de fort respectable, et nous n'avons pas envie de lui manquer, Dieu nous en préserve ! La bonne et digne femme ! C'est une grand-mère très agréable, mais c'est une grand-mère... Il me semble naturel de lui préférer, surtout quand on a vingt ans, quelque petite immoralité bien pimpante, bien coquette, bien bonne fille. Les journalistes les plus monstrueusement vertueux ne sauraient être d'un avis différent ; et, s'ils disent le contraire, il est très probable qu'ils ne le pensent pas. Penser une chose, en écrire une autre, cela arrive tous les jours, surtout aux gens vertueux.

Cette grande affectation de morale qui règne maintenant serait fort risible, si elle n'était fort ennuyeuse. Chaque feuilleton devient une chaire ; chaque journaliste, un prédicateur ; il n'y manque que la tonsure et le petit collet. Le temps est à la pluie et à l'homélie.

Mon doux Jésus ! quel déchaînement ! quelle furie ! Que vous a fait ce pauvre vice pour lui en tant vouloir, lui qui est si bon homme, si facile à vivre, et qui ne demande qu'à s'amuser lui-même et à ne pas ennuyer les autres, si faire se peut? Messieurs les prédicateurs, que feriez-vous donc sans le vice? Vous seriez réduits, dès demain, à la mendicité, si l'on devenait vertueux aujourd'hui.

Les théâtres seraient fermés ce soir. Sur quoi feriez-vous votre feuilleton? Plus de bals de l'Opéra pour remplir vos colonnes, plus de romans à disséquer; car bals, romans, comédies, sont les vraies pompes de Satan, si l'on en croit notre sainte mère l'Église. On ne s'abonnerait plus à vos journaux; on lirait saint Augustin, on irait à l'église, on dirait son rosaire. Cela serait peut-être très bien; mais, à coup sûr, vous n'y gagneriez pas. Si l'on était vertueux, où placeriez-vous vos articles sur l'immoralité du siècle? Vous voyez bien que le vice est bon à quelque chose.

Une variété extrêmement curieuse du journaliste proprement dit moral, c'est le journaliste à famille féminine.

Sa manière de procéder, pour être simple et facile au premier coup d'œil, n'en est pas moins bouffonne et superlativement récréative.

D'abord, pour se poser en journaliste de cette espèce, il faut quelques petits ustensiles préparatoires, tels que deux ou trois femmes légitimes, quelques mères, le plus de sœurs possible, un assortiment de filles complet et des cousines innombrablement. Ensuite il faut une pièce de théâtre ou un roman quelconque, une plume, de l'encre, du papier et un imprimeur. Il faudrait peut-être bien une idée et plusieurs abonnés; mais on s'en passe avec beaucoup de philosophie et l'argent des actionnaires.

Quand on a tout cela, l'on peut s'établir journaliste

moral. Les deux recettes suivantes, convenablement variées, suffisent à la rédaction.

### MODÈLES D'ARTICLES VERTUEUX SUR UNE PREMIÈRE REPRÉSENTATION

« *Après la littérature de sang, la littérature de fange ; après la morgue et le bagne, l'alcôve et le lupanar ; après les guenilles tachées par le meurtre, les guenilles tachées par la débauche ; après, etc.* (selon le besoin et l'espace, on peut continuer sur ce ton depuis six lignes jusqu'à cinquante et au-delà). *Voilà où mènent l'oubli des saines doctrines et le dévergondage romantique : le théâtre est devenu une école de prostitution où l'on n'ose se hasarder qu'en tremblant avec une femme qu'on respecte. Vous venez sur la foi d'un nom illustre, et vous êtes obligé de vous retirer au troisième acte avec votre jeune fille toute troublée et toute décontenancée. Votre femme cache sa rougeur derrière son éventail ; votre sœur, votre cousine, etc.* » (On peut diversifier les titres de parenté ; il suffit que ce soient des femelles.)

La méthode pour rendre compte d'un livre est très expéditive et à la portée de toutes les intelligences :

« *Si vous voulez lire ce livre, enfermez-vous soigneusement chez vous ; ne le laissez pas traîner sur la table. Si votre femme et votre fille venaient à l'ouvrir, elles seraient perdues. Ce livre est dangereux, ce livre conseille le vice. Il est déplorable que de jeunes écrivains sacrifient au succès les choses les plus saintes, et usent un talent, estimable d'ailleurs, à des peintures lubriques qui feraient rougir des capitaines de dragons* (la virginité du capitaine de dragons est, après la découverte de l'Amérique, la plus belle découverte que l'on ait faite depuis longtemps). »

Apparemment que je suis le personnage le plus énormément immoral qu'il se puisse trouver en Europe et ailleurs; car je ne vois rien de plus licencieux dans les romans et les comédies de maintenant que dans les romans et les comédies d'autrefois.

Que voit-on dans les comédies du grand Molière? La sainte institution du mariage (style de catéchisme et de journaliste) bafouée et tournée en ridicule à chaque scène.

Le mari est vieux et laid et cacochyme; il met sa perruque de travers; son habit n'est plus à la mode; il a le nez barbouillé de tabac, les jambes courtes, l'abdomen gros comme un budget. Il bredouille, et ne dit que des sottises; il en fait autant qu'il en dit; il ne voit rien, il n'entend rien; on embrasse sa femme à sa barbe; il ne sait pas de quoi il est question: cela dure ainsi jusqu'à ce qu'il soit bien et dûment constaté cocu à ses yeux et aux yeux de toute la salle on ne peut plus édifiée, et qui applaudit à tout rompre.

Ceux qui applaudissent le plus sont ceux qui sont le plus mariés.

Le mariage s'appelle, chez Molière, George Dandin ou Sganarelle.

L'adultère, Damis ou Clitandre; il n'y a pas de nom assez doucereux et charmant pour lui.

L'adultère est toujours jeune, beau, bien fait. Comme son œil est en feu et sa joue en fleur! que sa bouche est souriante! que ses dents sont blanches! comme sa main est douce et bien lavée.

Il parle, ce ne sont que madrigaux, galanteries parfumées en beau style précieux et du meilleur air; il a lu les romans et sait la poésie, il est vaillant et prompt à dégainer, il sème l'or à pleines mains. Aussi Angélique, Agnès, Isabelle se peuvent à peine tenir de lui sauter au cou, si bien élevées et si grandes dames qu'elles soient ; aussi le mari est-il régulièrement trompé au cinquième acte, bien heureux quand ce n'est pas dès le premier.

Voilà comme le mariage est traité par Molière, l'un des plus hauts et des plus graves génies qui jamais aient été.

La paternité est encore moins respectée, s'il est possible. Voyez Orgon, voyez Géronte, voyez-les tous. Comme ils sont volés par leurs fils, battus par leurs valets ! Comme on met à nu, sans pitié pour leur âge, et leur avarice, et leur entêtement, et leur imbécillité ! Comme on les pousse par les épaules hors de la vie, ces pauvres vieux qui sont longs à mourir, et qui ne veulent point donner leur argent ! comme on parle de l'éternité des parents ! quels plaidoyers contre l'hérédité !

Un père, c'est un ogre, c'est un Argus, c'est un geôlier, un tyran, quelque chose qui n'est bon tout au plus qu'à retarder un mariage pendant trois actes jusqu'à la reconnaissance finale. Un père est le mari ridicule au grand complet. Jamais un fils n'est ridicule dans Molière ; car Molière, comme tous les auteurs de tous les temps possibles, faisait sa cour à la jeune génération aux dépens de l'ancienne.

Et les Scapins, avec leur cape rayée à la napolitaine, et leur bonnet sur l'oreille, ne sont-ils pas des gens bien pieux, bien chastes et bien dignes d'être canonisés ? Les bagnes sont pleins d'honnêtes gens qui n'ont pas fait le quart de ce qu'ils font. Et les Lisettes et les Martons, quelles gaillardes, tudieu ! Les courtisanes des rues sont loin d'être aussi délurées, aussi promptes à la riposte grivoise. Comme elles s'entendent à remettre un billet ! comme elles font bien la garde pendant les rendez-vous ! Ce sont, sur ma parole, de précieuses filles, serviables et de bon conseil.

C'est une charmante société qui s'agite et se promène à travers ces comédies et ces imbroglios. Tuteurs dupés, maris cocus, suivantes libertines, valets aigrefins, demoiselles folles d'amour, fils débauchés, femmes adultères ; cela ne vaut-il pas bien les jeunes beaux mélancoliques et les pauvres faibles femmes opprimées et passionnées des drames et des romans de nos faiseurs en vogue ?

Et tout cela, moins le coup de dague final, moins la tasse de poison obligée : les dénouements sont aussi heureux que les dénouements des contes de fées, et tout le monde, jusqu'au mari, est on ne peut plus satisfait. Dans Molière, la vertu est toujours honnie et rossée ; c'est elle qui porte les cornes.

Tout ce que nous venons de dire ici n'est pas pour écorner le piédestal de Molière ; nous ne sommes pas assez fou pour aller secouer ce colosse de bronze avec nos petits bras ; nous voulions simplement démontrer aux pieux feuilletonistes qu'effarouchent les ouvrages nouveaux et romantiques, que les classiques anciens, dont ils recommandent chaque jour la lecture et l'imitation, les surpassent de beaucoup en gaillardise et en immoralité.

À Molière nous pourrions aisément joindre et Marivaux et La Fontaine, ces deux expressions si opposées de l'esprit français, et Régnier, et Rabelais, et Marot, et bien d'autres. Mais notre intention n'est pas de faire ici, à propos de morale, un cours de littérature à l'usage des vierges du feuilleton.

Il me semble que l'on ne devrait pas faire tant de tapage à propos de si peu. Le monde a passé l'âge où l'on peut jouer la modestie et la pudeur, et je le crois trop vieux barbon pour faire l'enfantin et le virginal sans se rendre ridicule.

Depuis son hymen avec la civilisation, la société a perdu le droit d'être ingénue et pudibonde.

Quand je lis par hasard un de ces beaux sermons qui ont remplacé dans les feuilles publiques la critique littéraire, il me prend quelquefois de grands remords et de grandes appréhensions, à moi qui ai sur la conscience quelques menues gaudrioles un peu trop fortement épicées.

Puis quand je pense que j'ai rencontré sous la table, et même ailleurs, un assez grand nombre de ces dragons de vertu, je reviens à une meilleure opinion de moi-même, et j'estime qu'avec tous les défauts que je puisse avoir ils en ont un autre qui est bien, à mes yeux, le plus grand et le pire de tous: c'est l'hypocrisie que je veux dire.

En cherchant bien, on trouverait peut-être un autre petit vice à ajouter; mais celui-ci est tellement hideux qu'en vérité je n'ose presque pas le nommer. Approchez-vous, et je m'en vais vous couler son nom dans l'oreille: c'est l'envie.

L'envie, et pas autre chose.

C'est elle qui s'en va rampant et serpentant à travers toutes ces paternes homélies: quelque soin qu'elle prenne de se cacher, on voit briller de temps en temps, au-dessus des métaphores et des figures de rhétorique, sa petite tête plate de vipère ; on la surprend à lécher de sa langue fourchue ses lèvres toutes bleues de venin, on l'entend siffloter tout doucettement à l'ombre d'une épithète insidieuse.

Je sais bien que c'est une insupportable fatuité de prétendre qu'on vous envie. Je n'ai pas la forfanterie de me croire des ennemis et des envieux ; c'est un bonheur qui n'est pas donné à tout le monde, et je ne l'aurai probablement pas de longtemps : aussi je parlerai librement et sans arrière-pensée, comme quelqu'un de très désintéressé dans cette question.

Une chose certaine et facile à démontrer à ceux qui pourraient en douter, c'est l'antipathie naturelle du critique contre le poète – de celui qui ne fait rien contre celui qui fait.

Vous ne vous faites critique qu'après qu'il est bien constaté à vos propres yeux que vous ne pouvez être poète. Vous avez longtemps courtisé la Muse, vous avez essayé de la dévirginer ; mais vous n'avez pas assez de vigueur pour cela.

Je conçois cette haine. Il est douloureux de voir un autre s'asseoir au banquet où l'on n'est pas invité, et coucher avec la femme qui n'a pas voulu de vous.

Le critique qui n'a rien produit est un lâche ; c'est comme un abbé qui courtise la femme d'un laïque : celui-ci ne peut lui rendre la pareille ni se battre avec lui.

Je crois que ce serait une histoire curieuse que l'histoire des différentes manières de déprécier un ouvrage quelconque depuis un mois jusqu'à nos jours. Il y a assez de matières pour quinze ou seize volumes in-folio ; mais nous aurons pitié du lecteur, et nous

nous bornerons à quelques lignes, bienfait pour lequel nous demandons une reconnaissance plus qu'éternelle.

À une époque très reculée, qui se perd dans la nuit des âges, il y a bien tantôt trois semaines de cela, le roman Moyen Âge florissait principalement à Paris et dans la banlieue. Ce n'étaient qu'ogives, tourelles, colonnettes, verrières coloriées, cathédrales et châteaux forts ; ce n'étaient que damoiselles et damoiseaux, pages et valets, truands et soudards, galants chevaliers et châtelains féroces.

Le critique n'avait pas attendu au second roman pour commencer son œuvre de dépréciation ; dès le premier qui avait paru, il s'était mis à crier :

– Encore du Moyen Âge, toujours du Moyen Âge ! qui me délivrera du Moyen Âge, de ce Moyen Âge qui n'est pas le Moyen Âge ? Moyen Âge de carton et de terre cuite qui n'a du Moyen Âge que le nom. À bas le Moyen Âge tel que nous l'ont fait les faiseurs (le grand mot est lâché ! les faiseurs) !

Et le public, voyant que les feuilletonistes aboyaient au Moyen Âge, se prit d'une belle passion pour ce pauvre Moyen Âge. Le Moyen Âge envahit tout, aidé par l'empêchement des journaux : drames, mélodrames, romances, nouvelles, poésies, il y eut jusqu'à des vaudevilles Moyen Âge.

À côté du roman Moyen Âge verdissait le roman charogne, genre de roman très agréable, et dont les petites-maîtresses nerveuses et les cuisinières blasées faisaient une très grande consommation.

Les feuilletonistes sont bien vite arrivés à l'odeur comme des corbeaux à la curée, et ils ont dépecé du bec de leurs plumes et méchamment mis à mort ce pauvre genre de roman qui ne demandait qu'à prospérer et à se putréfier paisiblement sur les rayons graisseux des cabinets de lecture. Que n'ont-ils pas dit? que n'ont-ils pas écrit? Littérature de morgue ou de bagne, cauchemar de bourreau, hallucination de boucher ivre! Ils donnaient bénignement à entendre que les auteurs étaient des assassins et des vampires, qu'ils avaient contracté la vicieuse habitude de tuer leur père et leur mère, qu'ils buvaient du sang dans des crânes, qu'ils se servaient de tibias pour fourchettes et coupaient leur pain avec une guillotine.

Et pourtant ils savaient mieux que personne, pour avoir souvent déjeuné avec eux, que les auteurs de ces charmantes tueries étaient de braves fils de famille, très débonnaires et de bonne société, gantés de blanc, se nourrissant plus volontiers de beefsteaks que de côtelettes d'homme, et buvant plus habituellement du vin de Bordeaux que du sang de jeune fille ou d'enfant nouveau-né.

Mais, quoi qu'ils dissent ou qu'ils fissent, le siècle était à la charogne; le lecteur ne se prenait qu'à un hameçon amorcé d'un petit cadavre déjà bleuissant. Chose très concevable; mettez une rose au bout de votre ligne, vous ne prendrez pas le moindre petit fretin; accrochez-y un ver, carpes, barbillons, perches, anguilles sauteront à trois pieds hors de l'eau pour le happer. Les hommes ne sont pas aussi différents des poissons qu'on a l'air de le croire généralement.

On aurait dit que les journalistes étaient devenus quakers, tant il leur avait pris une subite horreur du rouge et du sang. Ils appliquaient à la littérature l'article du Décalogue: *Homicide point ne seras.*

On ne pouvait plus se permettre le plus petit meurtre dramatique, et le cinquième acte était devenu impossible.

Ils trouvaient le poignard exorbitant, le poison monstrueux, la hache inqualifiable. Ils auraient voulu que les héros dramatiques vécussent jusqu'à l'âge de Melchisédech ; et cependant il est reconnu, depuis un temps immémorial, que le but de toute tragédie est de faire assommer à la dernière scène un pauvre diable de grand homme qui n'en peut mais, comme le but de toute comédie est de conjoindre matrimonialement deux imbéciles de jeunes premiers d'environ soixante ans chacun.

C'est vers ce temps que j'ai jeté au feu (après en avoir tiré un double, ainsi que cela se fait toujours) deux superbes et magnifiques drames Moyen Âge, l'un en vers et l'autre en prose, dont les héros étaient écartelés et bouillis en plein théâtre, ce qui eût été très jovial et assez inédit.

Pour me conformer à leurs idées, j'ai composé depuis une tragédie antique en cinq actes, nommée *Héliogabale*, dont le héros se jette dans les latrines, situation extrêmement neuve et qui a l'avantage d'amener une décoration non encore vue au théâtre. J'ai fait aussi un drame moderne, où l'idée providentielle arrive sous la forme d'un pâté de foie gras de Strasbourg, que le héros mange jusqu'à la dernière miette après avoir consommé plusieurs viols, ce qui, joint à ses remords, lui donne une abominable indigestion dont il meurt. Fin morale s'il en fut, qui prouve que Dieu est juste et que le vice est toujours puni et la vertu récompensée.

Quant au genre monstre, vous savez comme ils l'ont traité, comme ils ont arrangé *Han d'Islande*, ce mangeur d'hommes, Quasimodo le sonneur, et Triboulet, qui n'est que bossu – toutes ces crapauderies gigantesques que mon cher voisin fait grouiller et sauteler à travers les forêts vierges et les cathédrales de ses romans. Ni les grands traits à la Michel-Ange, ni les curiosités dignes de Callot, rien n'a pu trouver grâce devant eux ; ils l'ont renvoyé à ses odes, quand il a fait des romans ; à ses romans, quand il a fait des drames : tactique ordinaire des journalistes qui aiment toujours mieux ce qu'on a fait que ce qu'on fait. Heureux homme, toutefois, que celui qui n'aurait qu'à écrire un traité de théologie ou un manuel de cuisine pour faire trouver son théâtre admirable !

Il est aussi absurde de dire qu'un homme est un ivrogne parce qu'il décrit une orgie, un débauché parce qu'il raconte une débauche que de prétendre qu'un homme est vertueux parce qu'il a fait un livre de morale ; tous les jours on voit le contraire. C'est le personnage qui parle et non l'auteur ; son héros est athée, cela ne veut pas dire qu'il soit athée ; il fait agir et parler les brigands en brigands, il n'est pas pour cela un brigand. À ce compte, il faudrait guillotiner Shakespeare, Corneille et tous les tragiques ; ils ont plus commis de meurtres que Mandrin et Cartouche.

Nous ne concevons guère à quoi tendent toutes ces criailleries, à quoi bon toutes ces colères et tous ces abois, et qui pousse messieurs les Geoffroy au petit pied à se faire les don Quichotte de la morale, et, vrais sergents de ville littéraires, à empoigner et à bâtonner, au nom de la vertu, toute idée qui se promène dans un livre la cornette posée de travers ou la jupe troussée un peu trop haut. C'est fort singulier.

L'époque, quoi qu'ils en disent, est immorale (si ce mot-là signifie quelque chose, ce dont nous doutons fort), et nous n'en voulons pas d'autre preuve que la quantité de livres immoraux qu'elle produit et le succès qu'ils ont. Les livres suivent les mœurs et les mœurs ne suivent pas les livres. La Régence a fait Crébillon, ce n'est pas Crébillon qui a fait la Régence. Les petites bergères de Boucher étaient fardées et débraillées, parce que les petites marquises étaient fardées et débraillées. Les tableaux se font d'après les modèles et non les modèles d'après les tableaux. Je ne sais qui a dit que la littérature et les arts influaient sur les mœurs. Qui que ce soit, c'est indubitablement un grand sot. C'est comme si l'on disait: «Les petits pois font pousser le printemps»; les petits pois poussent au contraire parce que c'est le printemps, et les cerises parce que c'est l'été. Les arbres portent les fruits, et ce ne sont pas les fruits qui portent les arbres assurément; les siècles se succèdent, et chacun porte son fruit qui n'est pas celui du siècle précédent; les livres sont les fruits des mœurs.

À côté des journalistes moraux, sous cette pluie d'homélies comme sous une pluie d'été dans quelque parc, il a surgi une théorie de petits champignons d'une nouvelle espèce assez curieuse.

Ce sont les critiques utilitaires. Pauvres gens qui avaient le nez court à ne le pouvoir chausser de lunettes, et cependant n'y voyaient pas aussi loin que leur nez. Quand un auteur jetait sur leur bureau un volume quelconque, roman ou poésie, ces messieurs se renversaient nonchalamment sur leur fauteuil et, se balançant d'un air capable, ils se rengorgeaient et disaient :

– À quoi sert ce livre ? Comment peut-on l'appliquer à la moralisation et au bien-être de la classe la plus nombreuse et la plus pauvre ? Quoi ! pas un mot des besoins de la société, rien de civilisant et de progressif ! Comment peut-on faire des poésies et des romans qui ne mènent à rien, et qui ne font pas avancer la génération dans le chemin de l'avenir ? Comment peut-on s'occuper de la forme, du style, de la rime en présence de si graves intérêts ? La société souffre, elle est en proie à un grand déchirement intérieur (traduisez : personne ne veut s'abonner aux journaux utiles). C'est au poète à chercher la cause de ce malaise et à le guérir. Le moyen, il le trouvera en sympathisant de cœur et d'âme avec l'humanité (des poètes philanthropes ! ce serait quelque chose de rare et de charmant).

À la bonne heure ; mais, comme nous souhaitons que notre lecteur se tienne éveillé jusqu'à la fin de cette bienheureuse Préface, nous ne continuerons pas cette imitation très fidèle du style utilitaire, qui, de sa nature, est passablement soporifique.

Non, imbéciles, non, crétins et goitreux que vous êtes, un roman n'est pas une paire de bottes sans couture ; un sonnet, une seringue à jet continu ; un drame n'est pas un chemin de fer, toutes choses essentiellement civilisantes, et faisant marcher l'humanité dans la voie du progrès.

On ne se fait pas un bonnet de coton d'une métonymie, on ne chausse pas une comparaison en guise de pantoufle ; on ne se peut servir d'une antithèse pour parapluie; malheureusement, on ne saurait se plaquer sur le ventre quelques rimes bariolées en manière de gilet.

Un roman a deux utilités: l'une matérielle, l'autre spirituelle. L'utilité matérielle, ce sont d'abord les quelques mille francs qui entrent dans la poche de l'auteur. L'utilité spirituelle est que, pendant qu'on lit des romans, on dort, et on ne lit pas de journaux utiles, vertueux et progressifs, ou telles autres drogues indigestes et abrutissantes. Qu'on dise après cela que les romans ne contribuent pas à la civilisation.

Utilité: quel est ce mot, et à quoi s'applique-t-il? Il y a deux sortes d'utilité, et le sens de ce vocable n'est jamais que relatif. Ce qui est utile pour l'un ne l'est pas pour l'autre. Vous êtes savetier, je suis poète. Un dictionnaire de rimes m'est d'une grande utilité; vous n'en avez que faire pour carreler une vieille paire de bottes, et il est juste de dire qu'un tranchet ne me servirait pas à grand-chose pour faire une ode. Après cela, vous objecterez qu'un savetier est bien au-dessus d'un poète, et que l'on se passe mieux de l'un que de l'autre. Sans prétendre rabaisser l'illustre profession de savetier, que j'honore à l'égal de la profession de monarque constitutionnel, j'avouerai humblement que j'aimerais mieux avoir mon soulier décousu que mon vers mal rimé, et que je me passerais plus volontiers de bottes que de poèmes. Ne sortant presque jamais et marchant plus habilement par la tête que par les pieds, j'use moins de chaussures qu'un républicain vertueux qui ne fait que courir d'un ministère à l'autre pour se faire jeter quelque place.

Y a-t-il quelque chose d'absolument utile sur cette

terre et dans cette vie où nous sommes ? D'abord, il est très peu utile que nous soyons sur terre et que nous vivions. Je défie le plus savant de la bande de dire à quoi nous servons, si ce n'est à ne pas nous abonner au *Constitutionnel* ni à aucune espèce de journal quelconque.

Ensuite, l'utilité de notre existence admise *a priori*, quelles sont les choses réellement utiles pour la soutenir ? De la soupe et un morceau de viande deux fois par jour, c'est tout ce qu'il faut pour se remplir le ventre, dans la stricte acception du mot. L'homme, à qui un cercueil de deux pieds de large sur six de long suffit et au-delà après sa mort, n'a pas besoin dans sa vie de beaucoup plus de place.

On dit bien qu'on peut vivre avec vingt-cinq sous par jour ; mais s'empêcher de mourir, ce n'est pas vivre ; et je ne vois pas en quoi une ville organisée utilitairement serait plus agréable à habiter que le Père-Lachaise.

Rien de ce qui est beau n'est indispensable à la vie. On supprimerait les fleurs, le monde n'en souffrirait pas matériellement ; qui voudrait cependant qu'il n'y eût plus de fleurs ? Je renoncerais plutôt aux pommes de terre qu'aux roses, et je crois qu'il n'y a qu'un utilitaire au monde capable d'arracher une plate-bande de tulipes pour y planter des choux.

À quoi bon la musique ? à quoi bon la peinture ? Qui aurait la folie de préférer Michel-Ange à l'inventeur de la moutarde blanche ?

Il n'y a de vraiment beau que ce qui ne peut servir à rien ; tout ce qui est utile est laid, car c'est l'expression de quelque besoin, et ceux de l'homme sont ignobles et dégoûtants, comme sa pauvre et infirme nature. L'endroit le plus utile d'une maison, ce sont les latrines.

Moi, n'en déplaise à ces messieurs, je suis de ceux pour qui le superflu est le nécessaire – et j'aime mieux les choses et les gens en raison inverse des services qu'ils me rendent. Je préfère à certain vase qui me sert un vase chinois, semé de dragons et de mandarins, qui ne me sert pas du tout. Je renoncerais très joyeusement à mes droits de Français et de citoyen pour voir un tableau authentique de Raphaël. Je vendrais ma culotte pour avoir une bague, et mon pain pour avoir des confitures. L'occupation la plus séante à un homme policé me paraît de ne rien faire, ou de fumer analytiquement sa pipe ou son cigare. J'estime aussi beaucoup ceux qui jouent aux quilles, et aussi ceux qui font bien les vers. Vous voyez que les principes utilitaires sont bien loin d'être les miens, et que je ne serai jamais rédacteur dans un journal vertueux.

Car la jouissance me paraît le but de la vie, et la seule chose utile au monde. Dieu l'a voulu ainsi, lui qui a fait les femmes, les parfums, la lumière, les belles fleurs, les bons vins, les chevaux fringants, les levrettes et les chats angoras.

Que c'est une sotte chose que cette prétendue perfectibilité du genre humain dont on nous rebat les oreilles! On dirait en vérité que l'homme est une machine susceptible d'améliorations, et qu'un rouage mieux engrené, un contrepoids plus convenablement placé peuvent faire fonctionner d'une manière plus commode et plus facile. Quand on sera parvenu à donner un estomac double à l'homme, de façon à ce qu'il puisse ruminer comme un bœuf, des yeux de l'autre côté de la tête, afin qu'il puisse voir, comme Janus, ceux qui lui tirent la langue par-derrière, à lui planter des ailes sur les omoplates afin qu'il ne soit pas obligé de payer six sous pour aller en omnibus : le mot perfectibilité commencera à signifier quelque chose. Depuis tous ces beaux perfectionnements, qu'a-t-on fait qu'on ne fît aussi bien et mieux avant le Déluge ?

Eh bien ! alors, que nous parlez-vous de progrès ? Je sais bien que vous me direz que l'on a une Chambre haute et une Chambre basse, qu'on espère que bientôt tout le monde sera électeur, et le nombre des représentants doublé ou triplé. Est-ce que vous trouvez qu'il ne se commet pas assez de fautes de français comme cela à la tribune nationale, et qu'ils ne sont pas assez pour la méchante besogne qu'ils ont à brasser ? Je ne comprends guère l'utilité qu'il y a de parquer deux ou trois cents provinciaux dans une baraque de bois, avec un plafond peint par M. Fragonard, pour leur faire tripoter et gâcher je ne sais combien de petites lois absurdes ou atroces. Qu'importe que ce soit un sabre, un goupillon ou un parapluie qui vous gouverne ! C'est toujours un bâton, et je m'étonne que des hommes de progrès en soient à disputer sur le choix du gourdin qui leur doit chatouiller l'épaule, tandis qu'il serait beaucoup plus progressif et moins dispendieux de le casser et d'en jeter les morceaux à tous les diables.

Le seul de vous qui ait le sens commun, c'est un fou, un grand génie, un imbécile, un divin poète bien au-dessus de Lamartine, de Hugo et de Byron ; c'est Charles Fourier le phalanstérien qui est à lui seul tout cela : lui seul a eu de la logique, et a l'audace de pousser ses conséquences jusqu'au bout. Il promet de créer des plaisirs nouveaux, et de développer les organes et les sens; il doit rendre les femmes plus belles et plus voluptueuses, les hommes plus robustes et plus vigoureux; il vous garantit des enfants, et se propose de réduire le nombre des habitants du monde de façon que chacun y soit à son aise; ce qui est plus raisonnable que de pousser les prolétaires à en faire d'autres, sauf à les canonner ensuite dans les rues quand ils pullulent trop, et à leur envoyer des boulets au lieu de pain.

Le progrès est possible de cette façon seulement. Tout le reste est une dérision amère, une pantalonnade sans esprit.

Le phalanstère est vraiment un progrès sur l'abbaye de Thélème, et relègue définitivement le paradis terrestre au nombre des choses tout à fait surannées et perruques. Les *Mille et Une Nuits* et les *Contes* de Mme d'Aulnoy peuvent seuls lutter avantageusement avec le phalanstère. Quelle fécondité! quelle invention! Nos versificateurs, académiciens ou non, sont de bien piètres trouveurs, si on les compare à M. Charles Fourier, l'inventeur des attractions passionnées. Cette idée de se servir de mouvements que l'on a jusqu'ici cherché à réprimer est très assurément une haute et puissante idée.

Ah! vous dites que nous sommes en progrès! Si, demain, un volcan ouvrait sa gueule à Montmartre, et faisait à Paris un linceul de cendre et un tombeau de lave, comme fit autrefois le Vésuve à Stabia, à Pompéi et à Herculanum, et que, dans quelque mille ans, les antiquaires de ce temps-là fissent des fouilles et exhumassent le cadavre de la ville morte, dites quel monument serait resté debout pour témoigner de la splendeur de la grande enterrée, Notre-Dame la gothique ? Ce qu'on retirerait des fouilles serait quelque chose de bien curieux. Des briquets de gardes nationaux et des casques de sapeurs-pompiers, des écus frappés d'un coin informe, voilà ce qu'on trouverait.

Nous avons voulu planter un obélisque sur une de nos places ; il nous fallut l'aller filouter à Louxor, et nous avons été deux ans à l'amener chez nous. La vieille Égypte bordait ses routes d'obélisques, comme nous les nôtres de peupliers ; elle en portait des bottes sous ses bras, comme un maraîcher porte ses bottes d'asperges, et taillait un monolithe dans les flancs de ses montagnes de granit plus facilement que nous un cure-dents. Il y a quelques siècles, on avait Raphaël, on avait Michel-Ange ; maintenant l'on a M. Paul Delaroche, le tout parce que l'on est en progrès. Vos représentations à bénéfice qui durent jusqu'à deux heures du matin, qu'est-ce que cela quand on pense à ces jeux qui duraient cent jours, à ces représentations où de véritables vaisseaux se battaient véritablement dans une véritable mer ; où des milliers d'hommes se taillaient consciencieusement en pièces. Ils avaient trois ou quatre mille dieux auxquels ils croyaient, et nous n'en avons qu'un auquel nous ne croyons guère ; c'est progresser d'une étrange sorte. Jupiter n'est-il pas plus fort que don Juan, et un bien autre séducteur ? En vérité, je ne sais ce que nous avons inventé ou seulement perfectionné.

Après les journalistes progressifs, il y a les journalistes blasés, qui ont habituellement vingt ou vingt-deux ans. Ceux-là, tout les ennuie, tout les excède, tout les assomme ; ils sont rassasiés, blasés, usés, inaccessibles. Ils connaissent d'avance ce que vous allez leur dire ; ils ont vu, senti, éprouvé, entendu tout ce qu'il est possible de voir, de sentir, d'éprouver et d'entendre. Ils vous disent avec un aplomb merveilleux :

– Le cœur humain n'est pas comme cela ; les femmes ne sont pas faites ainsi ; ce caractère est faux.

Ou bien :

– Eh quoi ! toujours des amours ou des haines ! toujours des hommes et des femmes ! Ne peut-on nous parler d'autre chose ? Mais l'homme est usé jusqu'à la corde, et la femme encore plus, depuis que M. de Balzac s'en mêle.

Ceux-là se plaignent continuellement d'être obligés de lire des livres et de voir des pièces de théâtre. À propos d'un méchant vaudeville, ils vous parlent des amandiers en fleurs, de tilleuls qui embaument, de la brise du printemps, de l'odeur du jeune feuillage ; ils se font amants de la nature à la façon du jeune Werther, et cependant n'ont jamais mis le pied hors de Paris, et ne distingueraient pas un chou d'avec une betterave.

Ils se poseront en hommes sur qui l'œuvre des hommes ne peut plus rien, que les émotions dramatiques laissent aussi froids et aussi secs que le canif dont ils taillent leur plume, et qui crient cependant, comme J.-J. Rousseau : « Voilà la pervenche ! »

D'autres prêchent contre le faux goût et traduisent Sénèque le tragique. Dernièrement, et pour clore la marche, il s'est formé un nouveau bataillon de critiques d'une espèce non encore vue.

Leur formule d'appréciation est la plus commode,

la plus extensible, la plus malléable, la plus péremptoire, la plus superlative et la plus triomphante qu'un critique ait jamais pu imaginer.

Jusqu'ici, lorsqu'on avait voulu déprécier un ouvrage quelconque, on avait fait des citations fausses ou perfidement isolées; on avait tronqué des phrases et mutilé des vers, de façon que l'auteur lui-même se fût trouvé le plus ridicule du monde; on lui avait intenté des plagiats imaginaires; on rapprochait des passages de son livre avec des passages d'auteurs anciens ou modernes, qui n'y avaient pas le moindre rapport; on l'accusait, en style de cuisinière, et avec force solécismes, de ne pas savoir sa langue, et de dénaturer le français de Racine et de Voltaire; on assurait sérieusement que son ouvrage poussait à l'anthropophagie, et que les lecteurs devenaient immanquablement cannibales ou hydrophobes dans le courant de la semaine; mais tout cela était pauvre, retardataire, et fossile au possible. L'accusation d'immoralité devenait insuffisante, et tellement hors de service qu'il n'y avait plus guère que le *Constitutionnel*, journal pudique et progressif, comme on sait, qui eût ce désespéré courage de l'employer encore.

L'on a donc inventé la critique d'avenir, la critique prospective. La recette est simple, et l'on peut vous la dire: le livre qui sera beau et qu'on louera est le livre qui n'a pas encore paru. Celui qui paraît est infailliblement détestable. Celui de demain sera superbe.

Il en est de cette critique comme de ce barbier qui avait pour enseigne ces mots écrits en gros caractères:

ICI L'ON RASERA GRATIS DEMAIN

Tous les pauvres diables qui lisaient la pancarte se promettaient pour le lendemain cette douceur ineffable et souveraine d'être barbifiés une fois en leur vie sans bourse délier. Mais, quand ils avaient la serviette au cou, le frater leur demandait s'ils avaient de l'argent.

– Hé! hé! mes petits bedons! faisait le barbier, vous n'êtes pas grands clercs, et auriez bon besoin de retourner aux écoles! La pancarte dit: DEMAIN. Je ne suis pas si niais et fantastique d'humeur que de raser gratis aujourd'hui; mes confrères diraient que je perds le métier.

Les auteurs qui lisent un article prospectif, où l'on daube un ouvrage actuel, se flattent que le livre qu'ils font sera le livre de l'avenir. Mais il leur arrive ce qui arrivait aux pratiques du barbier: aujourd'hui n'est pas la veille de demain. Le demain tant promis ne luira jamais sur le monde; car cette formule est trop commode pour qu'on l'abandonne de sitôt.

Les auteurs endurent cela avec une magnanimité, une longanimité qui me paraît vraiment inconcevable. Quels sont donc, au bout du compte, ces critiques au ton si tranchant, à la parole si brève que l'on croirait les vrais fils des dieux? Ce sont tout bonnement des hommes avec qui nous avons été au collège, et à qui évidemment leurs études ont moins profité qu'à nous, puisqu'ils n'ont produit aucun ouvrage et ne peuvent faire autre chose que conchier et gâter ceux des autres.

Ne serait-ce pas quelque chose à faire que la critique des critiques? car ces grands dégoûtés, qui font tant les superbes et les difficiles, sont loin d'avoir l'infaillibilité de notre saint-père. Leurs bévues historiques ou autres, leurs citations controuvées, leurs fautes de français, leurs plagiats, leur radotage, leurs plaisanteries rebattues et de mauvais goût, leur pauvreté d'idées, leur manque d'intelligence et de tact, leur ignorance des choses les plus simples fourniraient amplement aux auteurs de quoi prendre leur revanche, sans autre travail que de souligner les passages au crayon et de les reproduire textuellement; car on ne reçoit pas avec le brevet de critique le brevet de grand écrivain, et il ne suffit pas de reprocher aux autres des fautes de langage ou de goût pour n'en point faire soi-même; nos critiques le prouvent tous les jours. Que si Chateaubriand, Lamartine et d'autres gens comme cela faisaient de la critique, je comprendrais qu'on se mît à genoux et qu'on adorât; mais que MM. Z. K. Y. V. Q. X., ou telle autre lettre de l'alphabet entre A et W, vous gourmandent au nom de la morale et de la belle littérature, c'est ce qui me révolte toujours et me fait entrer en des fureurs nonpareilles.

Je voudrais qu'on fît une ordonnance de police qui défendît à certains noms de se heurter à certains autres. Il est vrai qu'un chien peut regarder un évêque, mais je n'en crois pas moins qu'il serait fou d'écrire au long de certaines réputations monumentales:

DÉFENSE DE DÉPOSER
DES ORDURES ICI

Charles X avait seul bien compris la question. En ordonnant la suppression des journaux, il rendait un grand service aux arts et à la civilisation. Les journaux sont des espèces de courtiers ou de maquignons qui s'interposent entre les artistes et le public, entre le roi et le peuple. On sait les belles choses qui en sont résultées. Ces aboiements perpétuels assourdissent l'inspiration, et jettent une telle méfiance dans les cœurs et dans les esprits que l'on n'ose se fier ni à un poète, ni à un gouvernement. Il n'y avait point de critique d'art sous Jules II, et je ne connais pas de feuilleton sur Michel-Ange, Raphaël, ni sur Benvenuto Cellini; et cependant je pense que, pour des gens qui n'avaient point de journaux, qui ne connaissaient ni le mot art ni le mot artistique, ils avaient assez de talent comme cela, et ne s'acquittaient point trop mal de leur métier. La lecture des journaux empêche qu'il n'y ait de vrais savants et de vrais artistes. Le journal tue le livre, comme le livre a tué l'architecture, comme l'artillerie a tué le courage et la force musculaire.

On ne se doute pas des plaisirs que nous enlèvent les journaux. Ils nous ôtent la virginité de tout; ils vous ôtent la surprise du théâtre, et vous apprennent d'avance tous les dénouements. Ils nous entonnent, malgré nous, des jugements tout faits, et nous préviennent contre des choses que nous aimerions; ils font que, toute la journée, nous entendons, à la place d'idées naïves ou d'âneries individuelles, des lambeaux de journal mal digérés qui ressemblent à des omelettes crues d'un côté et brûlées de l'autre. Si Louis-Philippe, une bonne fois pour toutes, supprimait tous les journaux littéraires et politiques, je lui en saurais un gré infini. Que l'on ne s'imagine pas que l'on ne s'occuperait plus de littérature; au temps où il n'y avait pas de journaux, un quatrain occupait tout Paris huit jours et une première représentation six mois.

Il est vrai que l'on perdrait à cela les annonces et

les éloges à trente sous la ligne, et la notoriété serait moins prompte et moins foudroyante. Mais j'ai imaginé un moyen très ingénieux de remplacer les annonces Si, d'ici à la mise en vente de ce glorieux roman, mon gracieux monarque a supprimé les journaux, je m'en servirai très assurément, et je m'en promets monts et merveilles.

Le grand jour arrivé, vingt-quatre crieurs à cheval, aux livrées de l'éditeur, avec son adresse sur le dos et sur la poitrine, portant en main une bannière où serait brodé des deux côtés le titre du roman, précédés chacun d'un tambourineur et d'un timbalier, parcourront la ville, et, s'arrêtant aux places et aux carrefours, crieront à haute et intelligible voix :

– C'est aujourd'hui et non hier ou demain que l'on met en vente l'admirable, l'inimitable, le divin et plus que divin roman du très célèbre Théophile Gautier, *Mademoiselle de Maupin*, que l'Europe et même les autres parties du monde et la Polynésie attendent si impatiemment depuis un an et plus. Il s'en vend cinq cents à la minute, et les éditions se succèdent de demi-heure en demi-heure ; on est déjà à la dix-neuvième. Un piquet de gardes municipaux est à la porte du magasin, contient la foule et prévient tous les désordres.

Certes, cela vaudrait bien une annonce de trois lignes dans les *Débats* et le *Courrier français*, entre les ceintures élastiques, les cols en crinoline, les biberons en tétine incorruptible, et les recettes contre le mal de dents.

Mai 1834.

# I

Tu te plains, mon cher ami, de la rareté de mes lettres. Que veux-tu que je t'écrive, sinon que je me porte bien et que j'ai toujours la même affection pour toi ? J'ai beau chercher, je n'ai rien qui vaille la peine d'être rapporté ; ma vie est la plus unie du monde, et rien n'en vient couper la monotonie.

Voici la disposition de ma journée : je me lève, cela va sans dire, je déjeune, je fais des armes, je sors, je rentre, je dîne, fais quelques visites ou m'occupe de quelque lecture, puis je me couche précisément comme j'avais fait la veille : cela n'est pas fort récréatif, comme tu vois. Cependant je m'accommode mieux de cette existence que je n'aurais fait il y a six mois. Je m'ennuie, il est vrai, mais d'une manière tranquille et résignée, qui ne manque pas d'une certaine douceur.

Cette existence-là, quoique je l'aie acceptée en apparence, n'est guère faite pour moi cependant, ou du moins elle ressemble fort peu à celle que je me rêve et à laquelle je me crois propre.

Tu sais comme les aventures étranges ont un attrait tout-puissant sur moi, comme j'adore tout ce qui est singulier, excessif et périlleux, et avec quelle avidité je dévore les romans et les histoires de voyages ; il n'y a peut-être pas sur la terre de fantaisie plus folle et plus vagabonde que la mienne : eh bien, je ne sais par quelle fatalité cela s'arrange, je n'ai jamais eu une aventure, je n'ai jamais fait un voyage. Ma vie est celle du coquillage sur le banc de sable, du lierre autour de l'arbre, du grillon dans la cheminée. En vérité, je suis étonné que mes pieds n'aient pas encore pris racine.

J'ai pour valet une espèce de manant assez lourd et assez stupide, qui a été au diable, je ne sais où, qui a vu de ses yeux tout ce dont je me forme de si belles idées et s'en soucie comme d'un verre d'eau ; il s'est trouvé dans les situations les plus bizarres ; il a eu les plus étonnantes aventures qu'on puisse avoir. Je le fais parler quelquefois, et j'enrage en pensant que toutes ces belles choses sont arrivées à un butor qui n'est capable ni de sentiment ni de réflexion, et qui n'est bon qu'à faire ce qu'il fait, c'est-à-dire à battre des habits et à décrotter des bottes.

Il est évident que la vie de ce maraud devait être la mienne. Pour lui, il me trouve fort heureux et entre en de grands étonnements de me voir triste comme je suis.

Tout cela n'est pas fort intéressant, mon pauvre ami, et ne vaut guère la peine d'être écrit, n'est-ce pas ? Mais, puisque tu veux absolument que je t'écrive, il faut bien que je te raconte ce que je pense et ce que je sens, et que je te fasse l'histoire de mes idées, à défaut d'événements et d'actions. Il n'y aura peut-être pas grand ordre ni grande nouveauté dans ce que j'aurai à te dire ; mais il ne faudra t'en prendre qu'à toi. Tu l'auras voulu.

Tu es mon ami d'enfance, j'ai été élevé avec toi; notre vie a été commune bien longtemps, et nous sommes accoutumés à échanger nos plus intimes pensées. Je puis donc te conter, sans rougir, toutes les niaiseries qui traversent ma cervelle inoccupée. Je serai exactement vrai – même dans les choses petites et honteuses.

Sous ce linceul d'ennui nonchalant et affaissé dont je t'ai parlé tout à l'heure remue parfois une pensée plutôt engourdie que morte, et je n'ai pas toujours le calme doux et triste que donne la mélancolie. J'ai des rechutes et je retombe dans mes anciennes agitations. Ces jours-là, quoique je n'aie rien à faire non plus que les autres, je me lève de très grand matin, avant le soleil, tant il me semble que je suis pressé; je m'habille en toute hâte, comme si le feu était à la maison, mettant mes vêtements au hasard et me lamentant pour une minute perdue. Quelqu'un qui me verrait croirait que je vais à un rendez-vous d'amour ou chercher de l'argent. Point du tout. Je ne sais pas seulement où j'irai; mais il faut que j'aille. Il me semble que l'on m'appelle du dehors, que mon destin passe à cet instant-là dans la rue, et que la question de ma vie va se décider.

Je descends, l'air effaré et surpris, les habits en désordre, les cheveux mal peignés. Je vais de rue en rue comme un chien qui a perdu son maître, cherchant à tout hasard, très inquiet, très en éveil, me retournant au moindre bruit, me glissant dans chaque groupe sans prendre souci des rebuffades des gens que je heurte, et regardant partout avec une netteté de vision que je n'ai pas dans d'autres moments.

Est-ce une occasion d'aimer, une aventure, une femme, une idée ou une fortune, quelque chose qui manque à ma vie et que je cherche sans m'en rendre compte, et poussé par un instinct confus? est-ce mon existence qui se veut compléter? est-ce l'envie de sortir de chez moi et de moi-même, l'ennui de ma situation et le désir d'une autre? C'est quelque chose de cela, et peut-être tout cela ensemble. Toujours est-il que c'est un état fort déplaisant, une irritation fébrile à laquelle succède ordinairement la plus plate atonie.

Souvent j'ai cette idée que, si j'étais parti une heure plus tôt, ou si j'avais doublé le pas, je serais arrivé à temps; que, pendant que je passais par cette rue, ce que je cherche passait par l'autre, et qu'il a suffi d'un embarras de voitures pour me faire manquer ce que je poursuis à tout hasard depuis si longtemps. Tu ne peux t'imaginer les grandes tristesses et les profonds désespoirs où je tombe quand je vois que tout cela n'aboutit à rien, et que ma jeunesse se passe et qu'aucune perspective ne s'ouvre devant moi; alors toutes mes passions inoccupées grondent sourdement dans mon cœur, et se dévorent entre elles faute d'autre aliment, comme les bêtes d'une ménagerie auxquelles le gardien a oublié de donner leur nourriture. Je n'ai pas d'espérance, car, pour espérer, il faut un désir, une certaine propension à souhaiter que les choses tournent d'une manière plutôt que d'une autre. Je ne désire rien, car je désire tout. Je n'espère pas, ou plutôt je n'espère plus ; et il m'est profondément égal qu'une chose soit ou ne soit pas. J'attends – quoi ? Je ne sais, mais j'attends.

Cela est poussé au point que, lorsque je rentre chez moi, je ne manque jamais à dire : « Il n'est venu personne ? Il n'y a pas de lettre pour moi ? rien de nouveau ? » Je sais parfaitement qu'il n'y a rien qu'il ne peut rien y avoir. C'est égal ; je suis toujours fort surpris et fort désappointé quand on me fait la réponse habituelle : « Non, monsieur – absolument rien. »

Quelquefois, l'idée se précise davantage. Ce sera quelque belle femme que je ne connais pas et qui ne me connaît pas.

Quand je ne suis pas hébété par l'ennui et le découragement, mon âme se réveille et reprend toute son ancienne vigueur.

J'espère, j'aime, je désire, et mes désirs sont tellement violents que je m'imagine qu'ils feront tout venir à eux comme un aimant doué d'une grande puissance attire à lui les parcelles de fer, encore qu'elles en soient fort éloignées. C'est pourquoi j'attends les choses que je souhaite, au lieu d'aller à elles. Un autre écrirait un billet le plus amoureux du monde à la divinité de son cœur, ou chercherait l'occasion de s'en rapprocher. Moi, je demande au messager la réponse à une lettre que je n'ai pas écrite.

Tout cela se passe dans les caves de mon âme, et toutes ces idées saugrenues sont ensevelies très soigneusement au fond de moi ; du dehors on ne voit rien, et j'ai la réputation d'un jeune homme tranquille et froid, peu sensible aux femmes et indifférent aux choses de son âge ; ce qui est aussi loin de la vérité que le sont habituellement les jugements du monde.

Cependant, quelques-uns de mes désirs se sont réalisés et, par le peu de joie que leur accomplissement m'a causé, j'en suis venu à craindre l'accomplissement des autres. Tu te souviens de l'ardeur enfantine avec laquelle je désirais avoir un cheval à moi ; ma mère m'en a donné un tout dernièrement ; il est noir d'ébène, une petite étoile blanche au front, à tous crins, le poil luisant, la jambe fine, précisément comme je le voulais. Quand on me l'a amené, cela m'a fait un tel saisissement que je suis resté un grand quart d'heure tout pâle, sans me pouvoir remettre ; puis j'ai monté dessus, et, sans dire un seul mot, je suis parti au grand galop, et j'ai couru plus d'une heure devant moi à travers champs dans un ravissement difficile à concevoir : j'en ai fait tous les jours autant pendant plus d'une semaine. Peu à peu toute cette grande ardeur s'est apaisée. J'ai mis mon cheval au trot, puis au pas, puis j'en suis venu à le monter si nonchalamment que souvent il s'arrête et que je ne m'en aperçois pas. Le plaisir s'est tourné en habitude beaucoup plus promptement que je ne l'aurais cru. Quant à Ferragus, c'est ainsi que je l'ai nommé, c'est bien la plus charmante bête que l'on puisse voir. Il est vif comme une chèvre et doux comme un agneau. Tu auras le plus grand plaisir à galoper dessus quand tu viendras ici ; et quoique ma fureur d'équitation soit bien tombée, je l'aime toujours beaucoup, car il a un très estimable caractère de cheval, et je le préfère sincèrement à beaucoup de personnes.

J'avais aussi un autre désir, plus vif, plus ardent, plus perpétuellement éveillé, plus chèrement caressé – c'était d'avoir une maîtresse, une maîtresse tout à fait à moi, comme le cheval. Je ne sais pas si la réalisation de ce rêve m'aurait aussi promptement trouvé froid que la réalisation de l'autre ; j'en doute. Mais peut-être ai-je tort, et en serai-je aussi vite lassé.

J'ai vingt-deux ans, et j'ai bien eu par-ci par-là, dans quelque coin obscur, quelques femmes honnêtes ou à peu près, ni belles ni laides, ni jeunes ni vieilles, comme il s'en offre aux jeunes gens qui n'ont point d'affaire réglée, et dont le cœur est dans le désœuvrement. Avec un peu de bonne volonté et une assez forte dose d'illusions romanesques, on appelle cela une maîtresse, si l'on veut. Quant à moi, ce m'est une chose impossible, et j'en aurais mille de cette espèce que je n'en croirais pas moins mon désir aussi inaccompli que jamais.

Je n'ai donc pas encore eu de maîtresse, et tout mon désir est d'en avoir une. C'est une idée qui me tracasse singulièrement ; ce n'est pas effervescence de tempérament, bouillon du sang, premier épanouissement de puberté. Ce n'est pas la femme que je veux, c'est une femme, une maîtresse ; je la veux, je l'aurai, et d'ici à peu ; car enfin ce que je demande est juste, et la nature le doit à tout homme. Tant que je ne serai pas parvenu à mon but, je ne me regarderai moi-même que comme un enfant, et je n'aurai pas en moi la confiance que j'y dois avoir. Une maîtresse pour moi, c'est la robe virile pour un jeune Romain.

Je vois tant d'hommes, ignobles sous tous les rapports, avoir de belles femmes dont ils sont à peine dignes d'être les laquais. Cela me fait prendre une pitoyable opinion des femmes de les voir s'enticher de tels goujats qui les méprisent et les trompent, plutôt que de se donner à quelque jeune homme loyal et sincère qui s'estimerait fort heureux, et les adorerait à genoux ; à moi, par exemple. Il est vrai que ces espèces encombrent les salons, font la roue devant tous les soleils, tandis que moi je reste à la maison, le front appuyé contre la vitre, à regarder fumer la rivière et monter le brouillard, tout en élevant silencieusement dans mon cœur le sanctuaire parfumé, le temple merveilleux où je dois loger l'idole future de mon âme. Chaste et poétique occupation, dont les femmes vous savent aussi peu gré que possible.

Les femmes ont fort peu de goût pour les contemplateurs et prisent singulièrement ceux qui mettent leurs idées en action. Après tout, elles n'ont pas tort. Je sens tout cela ; mais jamais de ma vie je ne pourrai prendre sur moi de me lever de ma place, de traverser un salon, et d'aller dire inopinément à une femme : « Votre robe vous va comme un ange », ou : « Vous avez ce soir les yeux d'un lumineux particulier. »

Tout cela n'empêche pas qu'il ne me faille absolument une maîtresse. Je ne sais pas qui ce sera, mais je ne vois personne dans les femmes que je connais qui puisse convenablement remplir cette importante dignité. Je ne leur trouve que très peu des qualités qu'il me faut. Et puis il y a toujours par là quelque mari, quelque frère, quelque mère ou quelque tante, qui a de gros yeux et de grandes oreilles, et qu'il faut amadouer ou jeter par la fenêtre. Toute rose a son puceron, toute femme a des tas de parents dont il faut l'écheniller soigneusement, si l'on veut cueillir un jour le fruit de sa beauté. Cela est nauséabond, et je n'aurai jamais la patience qu'il faut pour arracher toutes les mauvaises herbes et élaguer toutes les ronces qui obstruent fatalement les avenues d'une jolie femme.

Je n'aime pas beaucoup les mamans, et j'aime encore moins les petites filles. Je dois avouer aussi que les femmes mariées n'ont qu'un très médiocre attrait pour moi. Ce sera donc parmi les veuves que nous choisirons notre divinité. Hélas! j'ai bien peur, quoiqu'il ne reste plus que cela, que nous n'y trouvions pas encore ce que nous voulons.

Je t'entends dire d'ici: «Qui prendras-tu donc? Tu ne veux ni des jeunes personnes, ni des femmes mariées, ni des veuves. Tu n'aimes pas les mamans; je ne présume pas que tu aimes mieux les grands-mères. Que diable aimes-tu donc?»

C'est le mot de la charade, et si je le savais, je ne me tourmenterais pas tant. Jusqu'ici, je n'ai aimé aucune femme, mais j'ai aimé et j'aime *l'amour*. Quoique je n'aie pas eu de maîtresses et que les femmes que j'ai eues ne m'aient inspiré que du désir, j'ai éprouvé et je connais l'amour même : je n'aimais pas celle-ci ou celle-là, l'une plutôt que l'autre, mais quelqu'une que je n'ai jamais vue et qui doit exister quelque part, et que je trouverai, s'il plaît à Dieu. Je sais bien comme elle est, et, quand je la rencontrerai, je la reconnaîtrai.

Je me suis figuré bien souvent l'endroit qu'elle habite, le costume qu'elle porte, les yeux et les cheveux qu'elle a. J'entends sa voix ; je reconnaîtrais son pas entre mille autres, et si, par hasard, quelqu'un prononçait son nom, je me retournerais ; il est impossible qu'elle n'ait pas un des cinq ou six noms que je lui ai assignés dans ma tête.

Elle a vingt-six ans, pas plus, ni moins non plus. Elle n'est plus ignorante, et n'est pas encore blasée. Elle est d'une taille moyenne. Je n'aime pas une géante ni une naine. Il faut que, se haussant un peu sur la pointe du pied, sa bouche soit à la hauteur de mon baiser. C'est la bonne taille. Quant à son embonpoint, elle est plutôt grasse que maigre. Je suis un peu Turc sur ce point, et il ne me plairait guère de rencontrer une arête où je cherche un contour. Elle est blonde avec des yeux noirs, blanche comme une blonde, colorée comme une brune, quelque chose de rouge et de scintillant dans le sourire. La gorge ronde et petite, les poignets minces, les mains longues et potelées, la démarche onduleuse comme une couleuvre, les hanches étoffées et mouvantes, l'épaule large, le derrière du cou couvert de duvet : un caractère de beauté fin et ferme à la fois, élégant et vivace, poétique et réel; un motif de Giorgione exécuté par Rubens.

Voici son costume: elle porte une robe de velours écarlate ou noir, un corsage ouvert, une grande fraise à la Médicis, un chapeau de feutre capricieusement rompu, et de longues plumes blanches frisées, une chaîne d'or ou une rivière de diamants au cou, et quantité de grosses bagues de différents émaux à tous les doigts des mains.

Je ne lui ferais pas grâce d'un anneau ou d'un bracelet. Il faut que la robe soit littéralement en velours ou en brocart; c'est tout au plus si je lui permettrais de descendre jusqu'au satin. Aussi, dans mes rêveries, je me suis donné pour maîtresse bien des reines, bien des impératrices, bien des princesses, bien des sultanes, bien des courtisanes célèbres, mais jamais des bourgeoises ou des bergères. Je trouve que la beauté est un diamant qui doit être monté et enchâssé dans l'or.

Ce sera le soir que nous nous rencontrerons pour la première fois, par un beau coucher de soleil; le ciel aura de ces tons orangé jaune clair et vert pâle que l'on voit dans quelques tableaux des grands maîtres d'autrefois: il y aura une grande allée de châtaigniers en fleur et d'ormes séculaires, de beaux arbres d'un vert frais et sombre, des ombrages pleins de mystères et de moiteur. Voilà la chasse qui passe; le cor sonne, la meute aboie et traverse le chemin avec la rapidité de l'éclair; la belle en amazone monte un cheval turc, blanc comme le lait, fringant et vif au possible. Bien qu'elle soit excellente écuyère, il piaffe, il caracole, il se cabre, et elle a toutes les peines du monde à le contenir; il prend le mors aux dents et la mène droit à un précipice. Je tombe là du ciel tout exprès, je retiens le cheval, je prends dans mes bras la princesse évanouie, je la fais revenir à elle et la reconduis à son château. Quelle est la femme bien née qui refuserait son cœur à un homme qui a exposé sa vie pour elle? – aucune; et la reconnaissance est un chemin de traverse qui mène bien vite à l'amour.

Tu conviendras au moins que, lorsque je donne dans le romanesque, ce n'est pas à demi, et que je suis aussi fou qu'il est possible de l'être. Tu conviendras aussi que, lorsque j'écris des lettres, ce sont plutôt des volumes que de simples billets. En tout j'aime ce qui dépasse les bornes ordinaires. C'est pourquoi je t'aime. Ne te moque pas trop de toutes les niaiseries que je t'ai griffonnées: je quitte la plume pour les mettre en action. Ma résolution est prise. Dût celle que je cherche se cacher au fond du royaume de Cathay ou de Samarcande, je la saurai bien dénicher. Fais des vœux pour moi, mon cher ami. Quant à moi, je m'habille de mon plus bel habit, et sors de la maison bien décidé à n'y rentrer qu'avec une maîtresse selon mes idées. J'ai assez rêvé; à l'action maintenant.

## II

Eh bien ! mon ami, je suis rentré à la maison, je n'ai pas été à Cachemire ni à Samarcande ; mais il est juste de dire que je n'ai pas plus de maîtresse que jamais. Je m'étais pourtant pris la main à moi-même, et juré mon grand jurement que j'irais au bout du monde : je n'ai pas été seulement au bout de la ville. Je ne sais comment je m'y prends, je n'ai jamais pu tenir parole à personne, pas même à moi.

Il faut que je te raconte mon expédition de point en point.

Le temps était beau ; il y avait foule à la promenade. Et cependant, je dois l'avouer, malgré tout le respect que je porte à cette intéressante moitié du genre humain, ce qu'on est convenu d'appeler le beau sexe est diablement laid : sur cent femmes il y en avait à peine une de passable. Celle-ci avait de la moustache ; celle-là avait le nez bleu. La tête d'une seconde était charmante, mais elle pouvait se gratter l'oreille avec l'épaule. Une autre faisait montre des plus magnifiques épaules qu'on pût voir ; en revanche, ses mains ressemblaient, pour la forme et la dimension, à ces énormes gants écarlates qui servent d'enseigne aux mercières. En général, que de fatigue sur ces figures ! Quelle expression d'envie, de curiosité méchante, d'avidité, de coquetterie effrontée! et qu'une femme qui n'est pas belle est plus laide qu'un homme qui n'est pas beau!

En vérité, je crois que l'homme, et par l'homme j'entends aussi la femme, est le plus vilain animal qui soit sur la terre. Un lion, un tigre sont plus beaux que les hommes.

J'ai bien peur, mon cher ami, de ne pouvoir jamais embrasser mon idéal, et cependant il n'a rien d'extravagant et de hors nature.

Toi – tu n'es pas aussi fou que moi, tu es heureux, toi –, tu t'es laissé aller tout bonnement à ta vie sans te tourmenter à la faire, et tu as pris les choses comme elles se présentaient. Tu n'as pas cherché le bonheur, et il est venu te chercher; tu es aimé, et tu aimes.

Peut-être mon bonheur a-t-il passé à côté de moi, et je ne l'aurai pas vu, aveugle que j'étais; peut-être la voix a-t-elle parlé, et le bruit de mes tempêtes m'aura empêché de l'entendre.

Peut-être ai-je été aimé obscurément par un humble cœur que j'aurai méconnu ou brisé; peut-être ai-je été moi-même l'idéal d'un autre, le pôle d'une âme en souffrance, le rêve d'une nuit et la pensée d'un jour. J'allais levant les bras au ciel, désireux de cueillir les étoiles qui me fuyaient, et dédaignant de ramasser la petite pâquerette qui m'ouvrait son cœur d'or dans la rosée et le gazon. J'ai commis une grande faute: j'ai demandé à l'amour autre chose que l'amour et ce qu'il ne pouvait pas donner. J'ai oublié que l'amour était nu. Je lui ai demandé des robes de brocart, des plumes, des diamants, un esprit sublime, la science, la poésie, la beauté, la jeunesse, la puissance suprême – tout ce qui n'est pas lui ; l'amour ne peut offrir que lui-même, et qui en veut tirer autre chose n'est pas digne d'être aimé.

Je me suis sans doute trop hâté : mon heure n'est pas venue ; Dieu qui m'a prêté la vie ne me la reprendra pas sans que j'aie vécu. À quoi bon donner au poète une lyre sans cordes, à l'homme une vie sans amour ? Dieu ne peut pas commettre une pareille inconséquence ; et sans doute, au moment voulu, il mettra sur mon chemin celle que je dois aimer et dont je dois être aimé.

Mais pourquoi l'amour m'est-il venu avant la maîtresse ? Je souffre toutes les ardeurs de la passion sans en avoir les extases et les délices ineffables ; j'en connais les tourments, et n'en ai pas les plaisirs. Je suis jaloux de ce qui n'existe pas ; je pousse des soupirs qui n'ont point de but ; je donne au vent des baisers qui ne me sont point rendus ; j'attends ce qui ne doit point venir, et je compte les heures avec anxiété, comme si j'avais un rendez-vous.

Qui que tu sois, ange ou démon, vierge ou courtisane, bergère ou princesse, que tu viennes du nord ou du midi, toi que je ne connais pas et que j'aime ! oh ! ne te fais pas attendre plus longtemps, ou la flamme brûlera l'autel, et tu ne trouveras plus à la place de mon cœur qu'un morceau de cendre froide. Toi, femme que j'aimerai, viens, que je ferme sur toi mes bras ouverts depuis si longtemps.

Si tu viens trop tard, ô mon idéal ! je n'aurai plus

la force de t'aimer : mon âme est comme un colombier tout plein de colombes. À toute heure du jour, il s'en envole quelque désir. Les colombes reviennent au colombier, mais les désirs ne reviennent point au cœur.

Mon ami, mon compagnon d'enfance, tu es le seul à qui je puisse conter de pareilles choses. Écris-moi que tu me plains ; console-moi, je n'en ai jamais eu plus besoin : que ceux qui ont une passion qu'ils peuvent satisfaire sont dignes d'envie ! L'ivrogne ne rencontre de cruauté dans aucune bouteille. Le sensuel va chez les courtisanes chercher de faciles amours. Le joueur n'a besoin que d'un tapis vert et d'un jeu de cartes gras et usé pour se procurer les angoisses poignantes, les spasmes nerveux et les diaboliques jouissances de son horrible passion. Ces gens-là peuvent s'assouvir ou se distraire ; moi, cela m'est impossible.

Je commence à le croire, je suis dans mon tort, je demande à la nature et à la société plus qu'elles ne peuvent donner. Ce que je cherche n'existe point, et je ne dois pas me plaindre de ne pas le trouver. Cependant, si la femme que nous rêvons n'est pas dans les conditions de la nature humaine, qui fait donc que nous n'aimons que celle-là et point les autres ? Qui nous a donné l'idée de cette femme imaginaire ? de quelle argile avons-nous pétri cette statue invisible ? quelle est donc cette beauté abstraite que nous sentons, et que nous ne pouvons définir ?

Que je plains et que j'admire ceux qui poursuivent à travers toute la réalité de leur rêve, et qui meurent contents, pourvu qu'ils aient baisé une fois leur chimère à la bouche ! Mais quel sort affreux que celui des Colombs qui n'ont pas trouvé leur monde, et des amants qui n'ont pas trouvé leur maîtresse !

Ah ! si j'étais poète, c'est à ceux dont l'existence est manquée ; dont les flèches n'ont pas été au but, qui sont morts avec le mot qu'ils avaient à dire et sans presser la main qui leur était destinée ; c'est à tout ce qui a avorté et à tout ce qui a passé sans être aperçu, au feu étouffé, au génie sans issue, à la perle inconnue au fond des mers, à tout ce qui a aimé sans être aimé, à tout ce qui a souffert et que l'on n'a pas plaint que je consacrerais mes chants – ce serait une noble tâche.

Ouf! voilà une tirade d'une longueur interminable, et qui sort un peu du style épistolaire. Quelle tartine !

Je me suis joliment laissé aller au lyrisme, mon très cher ami. Tout ceci est fort loin de notre sujet. Mais, en vérité, l'histoire est si pauvre que je suis forcé d'avoir recours aux digressions et aux réflexions.

J'espère qu'il n'en sera pas toujours ainsi, et qu'avant peu le roman de ma vie sera plus entortillé et plus compliqué qu'un imbroglio espagnol.

Après avoir erré de rue en rue, je me décidai à aller trouver un de mes amis qui devait me présenter dans une maison, où, à ce qu'il m'a dit, on voyait un monde de jolies femmes, une collection d'idéalités réelles, de quoi satisfaire une vingtaine de poètes. Il y en a pour tous les goûts : des beautés aristocratiques avec des regards d'aigle ; de simples violettes aux pâles couleurs, au doux parfum ; des beautés vives et piquantes ; des beautés précieuses, des beautés de tous les genres ; car c'est un vrai sérail que cette maison-là, moins les eunuques. Mon ami me dit qu'il y a déjà fait cinq ou six passions ; cela me paraît extrêmement prodigieux, et j'ai bien peur de ne pas avoir un pareil succès ; de C*** prétend que si, et que je réussirai bientôt plus que je ne le voudrai. Je n'ai, suivant lui, qu'un défaut dont je me corrigerai avec l'âge et en prenant du monde, c'est de faire trop de cas de la femme, et pas assez des femmes. Il pourrait bien y avoir quelque chose de vrai là-dedans. Il dit que je serai parfaitement aimable quand je me serai défait de ce petit travers. Dieu le veuille !

Le cœur me battait un peu en montant l'escalier, et j'étais à peine remis de mon émotion que de C***, me poussant par le coude, me mit face à face avec une femme d'une trentaine d'années environ, assez belle, parée avec un luxe sourd et une prétention extrême de simplicité enfantine, ce qui ne l'empêchait pas d'être plaquée de rouge comme une roue de carrosse : c'était la dame du lieu.

De C*** lui dit avec force démonstrations de respect ironique, où perçait visiblement le plus profond mépris :

– C'est ce jeune homme dont je vous ai parlé l'autre jour ; il est on ne peut mieux né, et je pense qu'il ne pourra que vous être agréable de le recevoir ; c'est pourquoi j'ai pris la liberté de vous le présenter.

– Assurément, monsieur, vous avez très bien

fait, répliqua la dame en minaudant de la manière la plus outrée.

Puis elle se retourna vers moi, et, après m'avoir détaillé du coin de l'œil en connaisseuse habile, et d'une façon qui me fit rougir par-dessus les oreilles :

– Vous pouvez vous regarder comme invité une fois pour toutes, et venir aussi souvent que vous aurez une soirée à perdre.

Je m'inclinai assez gauchement et balbutiai quelques mots sans suite qui ne durent pas lui donner une haute idée de mes moyens ; d'autres personnes entrèrent, ce qui me délivra des ennuis inséparables de la présentation. De C*** me tira dans un coin de fenêtre, et se mit à me sermonner d'importance.

– Que diable ! je t'ai annoncé comme un phénix d'esprit, un homme à imagination effrénée, un poète lyrique, tout ce qu'il y a de plus transcendant et de plus passionné, et tu restes là comme une souche, sans sonner mot ! Parle, voilà l'essentiel ; parle beaucoup, parle longtemps ; attire l'attention sur toi ; jette-moi de côté toute crainte et toute modestie ; mets-toi bien dans la tête que tous ceux qui sont ici sont des sots, ou à peu près, et n'oublie pas qu'un orateur qui veut réussir ne peut mépriser assez son auditoire. Que te semble de la maîtresse de la maison ?

– Elle me déplaît déjà considérablement ; et, quoique je lui aie parlé à peine trois minutes, je m'ennuyais autant que si j'eusse été son mari.

– Ta répugnance pour elle est donc tout à fait insurmontable ? Tant pis ; il aurait été décent pour toi de l'avoir, ne fût-ce qu'un mois, un jeune homme un peu bien ne peut être mis dans le monde que par elle.

– Eh bien ! je l'aurai, fis-je d'un air assez piteux, puisqu'il le faut ; mais cela est-il aussi nécessaire que tu as l'air de le croire ?

– Hélas, oui ! cela est du dernier indispensable. Mme de Thémines est à la mode maintenant ; elle est riche, et ses équipages sont du meilleur goût. Elle a des goûts fort vifs et peu de passion. C'est un cœur froid et une tête libertine. Quant à son âme, si elle en a une, ce qui est douteux, elle est des plus noires, et il n'y a pas de méchancetés et de bassesses dont elle ne soit capable ; mais elle est extrêmement adroite. Aussi ses ennemis les plus intimes ne trouvent rien à dire sur elle.

« Dès que les femmes de cette société te verront l'amant en titre de Mme de Thémines, n'eussent-elles pas le plus léger goût pour toi, elles se feront un plaisir et un devoir de t'enlever à une femme à la mode comme est celle-ci ; et, au lieu des avances et des démarches que tu aurais à faire, tu n'auras que l'embarras du choix.

« Cependant si elle t'inspire une répugnance trop forte, ne la prends pas. Tu n'y es pas précisément obligé, quoique cela eût été dans la politesse et les convenances. Mais fais vite un choix et attaque-toi à celle qui te plaira le mieux ou qui semblera offrir le plus de facilités, car tu perdrais, en différant, le bénéfice de la nouveauté et l'avantage qu'elle te donne pendant quelques jours sur tous les cavaliers qui sont ici. Ces dames ont une envie d'obliger le genre humain qu'on ne saurait trop louer, et elles aiment leur prochain comme elles-mêmes – ce qui est parfaitement évangélique et méritoire; ce sont de très charitables créatures, qui ne voudraient, pour rien au monde, faire mourir un homme de désespoir.

«Il doit déjà y en avoir trois ou quatre de *frappées* en ta faveur, et je te conseillerais amicalement de pousser ta pointe avec vivacité de ce côté-là, au lieu de t'amuser à bavarder avec moi dans l'embrasure d'une fenêtre, ce qui ne t'avancera pas à grand-chose.

– Mais, mon cher C***, je suis tout à fait neuf sur ces matières-là. Je n'ai point ce qu'il faut du monde pour distinguer au premier coup d'œil une femme frappée d'avec une qui ne l'est point; et je pourrais commettre d'étranges bévues, si tu ne m'aidais de ton expérience.

– En vérité, tu es d'un primitif qui n'a pas de nom! Que diable fais-tu donc de cette grande paire d'yeux noirs que tu as là? Regarde-moi là-bas un peu, dans ce coin auprès de la cheminée, cette petite femme en rose qui joue avec son éventail: elle te lorgne depuis un quart d'heure avec une assiduité et une fixité tout à fait significatives. C'est une excellente maîtresse pour un jeune homme qui a des préjugés. En huit jours elle vous débarrasse une conscience de tout scrupule, et vous corrompt le cœur de manière à ce que vous ne soyez jamais ridicule ni élégiaque. Elle a sur toutes choses des idées d'un positif inexprimable; elle va au fond de tout avec une rapidité et une sûreté qui étonnent. C'est l'algèbre incarnée que cette petite femme-là; c'est précisément ce qu'il faut à un rêveur et à un enthousiaste. Elle t'aura bientôt corrigé de ton vaporeux idéalisme: c'est un grand service qu'elle te rendra.

Ma curiosité étant éveillée par la description de C***, je sortis de ma retraite, et, me glissant entre les groupes, je m'approchai de la dame et je la regardai fort attentivement: elle pouvait avoir vingt-cinq ou vingt-six ans. Sa taille était petite, mais assez bien prise, quoique un peu chargée d'embonpoint; elle avait le bras blanc et potelé, la main assez noble, le pied joli et même trop mignon, les épaules grasses et lustrées, peu de gorge, mais ce qu'il y en avait fort satisfaisant et ne donnant pas mauvaise idée du reste; pour les cheveux, ils étaient extrêmement brillants et d'un noir-bleu comme des ailes de geai.

Je la désirai; mais je compris néanmoins que ce ne serait pas cette femme, tout agréable qu'elle fût, qui réaliserait mon vœu et me ferait dire: «Enfin j'ai une maîtresse!»

Je revins à de C***, et je lui dis:

– La dame me plaît assez, et je m'arrangerai peut-être avec elle. Mais, avant de rien dire de précis et qui m'engage, je voudrais bien que tu eusses la bonté de me faire voir celles des indulgentes beautés qui ont eu l'obligeance de se frapper pour moi, afin que je puisse choisir. Tu me ferais plaisir aussi, puisque tu me sers ici de démonstrateur, d'y ajouter une petite notice et la nomenclature de leurs défauts et qualités; la manière dont il faut les attaquer et le ton qu'on doit employer avec elles pour que je n'aie pas trop l'air d'un provincial ou d'un littérateur.

– Je veux bien, dit de C***. Vois-tu ce beau cygne mélancolique qui déploie son cou si harmonieusement et fait remuer ses manches comme des ailes; c'est la modestie même, tout ce qu'il y a de plus chaste et de plus virginal au monde; c'est un front de neige, un cœur de glace, des regards de madone, un sourire d'Agnès, elle a une robe blanche et l'âme pareille. Elle n'a jamais eu une mauvaise pensée et ignore profondément en quoi un homme diffère d'une femme. Cette virginale créature, ou je me trompe fort, a déjà supputé dans sa tête ce que les promesses de ta pâleur et de tes yeux noirs pouvaient tenir d'amour et de passion; et ce qui me fait dire cela, c'est qu'elle n'a pas regardé une seule fois de ton côté, du moins en apparence; car elle sait faire jouer sa prunelle avec tant d'art et la faire couler si adroitement dans le coin de ses yeux que rien ne lui échappe; on croirait qu'elle y voit par le derrière de la tête, car elle sait parfaitement ce qui se passe derrière elle. Si tu veux réussir auprès d'elle, il faut laisser là les manières débraillées et victorieuses. Il faut lui parler sans la regarder, sans faire de mouvement, dans une attitude contrite, et d'un ton de voix étouffé et respectueux; de cette façon, tu pourras lui dire tout ce que tu voudras, et elle te permettra les choses les plus libres en paroles d'abord, et ensuite en action.

Aie soin seulement de rouler tendrement les yeux, et parle-lui des douceurs de l'amour platonique et du commerce des âmes ! Elle est fort sensuelle et très susceptible ; dans l'abandon le plus intime, n'oublie pas de l'appeler madame au moins trois fois par phrase : elle s'est brouillée avec moi, parce qu'étant couché dans son lit je lui ai dit je ne sais plus quoi en la tutoyant. Que diable ! on n'est pas honnête femme pour rien.

– Quel âge a donc cette adorable personne ? demandai-je à de C***, car il m'était impossible de le déterminer en l'examinant avec l'attention la plus scrupuleuse.

– Ah ! voilà, quel âge a-t-elle ? c'est le mystère, et Dieu seul le sait. Pour moi, qui me pique d'assigner leur âge aux femmes à une minute près, je n'ai jamais pu trouver le sien. Seulement, d'une manière approximative, j'estime qu'elle peut avoir de dix-huit à trente-six ans.

– Est-ce qu'elle n'a pas d'amie intime qui te pourrait donner des lumières à ce sujet ?

– Non ; elle est arrivée dans cette ville il y a deux ans. Elle venait de la province ou de l'étranger, je ne sais plus lequel – c'est une admirable position pour une femme qui sait en profiter. Avec une figure comme elle en a une, elle peut se donner l'âge qu'elle veut et ne dater que du jour où elle est arrivée ici.

– Voilà qui est on ne peut plus agréable, surtout quand quelque ride impertinente ne vient pas vous démentir.

Il m'en fit voir encore quelques-unes qui, selon lui, recevraient favorablement toutes les requêtes qu'il me plairait de leur adresser et me traiteraient avec une philanthropie toute particulière. Mais la femme en rose du coin de la cheminée et la modeste colombe qui lui servait d'antithèse étaient incomparablement mieux que toutes les autres ; et, si elles n'avaient pas toutes les qualités que je demande, elles en avaient quelques-unes, du moins en apparence.

Je parlai toute la soirée avec elles, surtout avec la dernière, et j'eus soin de jeter mes idées dans le moule le plus respectueux ; quoiqu'elle me regardât à peine, je crus voir quelquefois luire ses prunelles sous leur rideau de cils. Ses réponses, en général, étaient sobres, mesurées, mais pourtant aiguës et pleines de trait. Tout cela était entremêlé de réticences, de demi-mots, d'allusions détournées, chaque syllabe avait son intention, chaque silence sa portée ; rien au monde n'était plus diplomatique et plus charmant. Et pourtant, quelque plaisir que j'y aie pris momentanément, je ne pourrais supporter longtemps une pareille conversation. Il faut être perpétuellement en éveil et sur ses gardes, et ce que j'aime le mieux dans une causerie, c'est l'abandon et la familiarité. Nous avons parlé d'abord de musique, ce qui nous a conduits tout naturellement à parler de l'opéra, et ensuite des femmes, puis de l'amour, sujet dans lequel il est plus facile que dans tout autre de trouver des transitions pour passer de la généralité à la spécialité. Tu aurais ri de m'entendre. Je ne me croyais sincèrement pas capable d'un galimatias et d'un pathos aussi transcendants. Et puis cet air confit en perfection, ces petites façons papelardes et chattemites que je vous avais ! tubleu ! Je n'avais pas la mine d'y toucher, et toute mère qui m'aurait entendu raisonner n'aurait pas hésité à me laisser coucher avec sa fille, tout mari m'aurait confié sa femme. C'est la soirée de ma vie où j'ai eu le plus l'air vertueux et où je l'ai été le moins. Je pensais qu'il fût plus difficile que cela d'être hypocrite et de dire des choses que l'on ne croyait point. Il faut que ce soit assez aisé ou que j'aie de fort belles dispositions pour avoir aussi agréablement réussi du premier coup.

Quant à la dame, elle a dit beaucoup de choses très finement détaillées, et qui, malgré l'air de candeur qu'elle y mettait, prouvent une expérience des plus consommées. Cette femme-là scierait un cheveu en trois dans sa longueur. Au reste, à la manière dont elle parle, il est impossible de croire qu'elle ait même l'ombre d'un corps. C'est d'un immatériel, d'un vaporeux, d'un idéal à vous casser les bras ; et, si de C*** ne m'avait prévenu, j'aurais assurément désespéré du succès de mes affaires, et je me serais tenu piteusement à l'écart. Comment diable aussi, lorsqu'une femme vous dit pendant deux heures que l'amour ne vit que de privations et de sacrifices, peut-on décemment espérer de lui persuader un jour de se mettre entre deux draps avec vous ?

Bref, nous nous sommes séparés très amis, et nous félicitant réciproquement de l'élévation, de la pureté de nos sentiments.

La conversation avec l'autre a été, comme tu l'imagines, d'un genre tout à fait opposé. Nous avons ri autant que parlé. Nous nous sommes moqués, et fort spirituellement, de toutes les femmes qui étaient là ; je devrais dire : elle s'est moquée ; un homme ne se moque jamais bien d'une femme. Moi, j'écoutais et j'approuvais, car il est impossible de crayonner un trait plus vif et de le colorer plus ardemment ; c'est la plus curieuse galerie de caricatures que j'aie jamais vue. Malgré l'exagération, on sentait la vérité là-dessous. Elle est charmante et pétillante d'esprit, et cependant, à côté d'elle, on ne pense qu'à des choses ignobles et vulgaires ; tout en lui parlant, toute la partie animale, toute la brute se soulevait en moi ; j'aurais très volontiers craché sur l'*Iliade* d'Homère et je me serais mis à genoux devant un jambon. Je comprends parfaitement aujourd'hui l'allégorie des compagnons d'Ulysse changés en pourceaux par Circé. Circé était probablement quelque égrillarde comme ma petite femme en rose.

À la fin je pris sur moi de la quitter, et, la soirée étant fort avancée, je m'en retournai chez moi très perplexe, très troublé et ne sachant trop ce que je devais faire. J'hésitais entre la prude et la galante. Je trouvais de la volupté dans l'une et du piquant dans l'autre.

Selon toute apparence, ô mon ami ! j'aurai une de ces deux femmes, je les aurai peut-être toutes les deux, et pourtant je t'avoue que leur possession ne me satisfait qu'à moitié : ce n'est pas qu'elles ne soient fort jolies, mais à leur vue rien n'a crié dans moi, rien n'a palpité, rien n'a dit: «C'est elles»; je ne les ai pas reconnues. Cependant je ne crois pas que je rencontrerai beaucoup mieux du côté de la naissance et de la beauté, et de C*** me conseille de m'en tenir là. Assurément je le ferai, et l'une ou l'autre sera ma maîtresse, ou le diable m'emportera avant qu'il soit bien longtemps; mais au fond de mon cœur, une secrète voix me reproche de mentir à mon amour, et de m'arrêter ainsi au premier sourire d'une femme que je n'aime point, au lieu de chercher infatigablement à travers le monde, dans les cloîtres et dans les mauvais lieux, dans les palais et dans les auberges, celle qui a été faite pour moi et que Dieu me destine, princesse ou servante, religieuse ou femme galante.

Adieu, mon ami; je vais de ce pas chez la dame rose, de peur de me laisser aller à mes contemplations habituelles. Je roule soigneusement et serre dans un tiroir le patron de ma maîtresse idéale pour ne pas l'essayer sur celle-ci. Je veux jouir tranquillement des beautés et des mérites qu'elle a. Je veux la laisser habillée d'une robe à sa taille, sans tâcher de lui adapter le vêtement que j'ai taillé d'avance et à tout événement pour la dame de mes pensées. Ce sont de fort sages résolutions, je ne sais pas si je les tiendrai. Encore une fois, adieu.

## III

Je suis l'amant en pied de la dame rose ; c'est presque un état, une charge, et cela donne de la consistance dans le monde. Je m'aperçois que l'on me considère beaucoup plus, que toutes les femmes me parlent avec une coquetterie jalouse et font de grands frais pour moi. Les hommes, au contraire, y mettent plus de froideur, et, dans le peu de mots que nous échangeons, il y a quelque chose d'hostile et de contraint ; ils sentent qu'ils ont en moi un rival déjà redoutable et qui peut le devenir davantage.

Je t'ai dit sommairement que j'étais l'amant en pied de la dame rose ; cela ne suffit pas pour un homme aussi ponctuel que tu l'es. Tu me demanderas sans doute comment elle s'appelle : quant à son nom, je ne te le dirai pas ; mais si tu veux, pour la facilité du récit, et en mémoire de la couleur de la robe avec laquelle je l'ai vue pour la première fois, nous l'appellerons Rosette ; c'est un joli nom : ma petite chienne s'appelait comme cela.

Tu voudras savoir de point en point, car tu aimes la précision dans ces sortes de choses, l'histoire de nos amours, et par quelles gradations successives j'ai passé de l'état de simple spectateur à celui d'acteur ; comment, de public que j'étais, je suis devenu amant. Je contenterai ton envie avec le plus grand plaisir.

Ne va pas t'imaginer que j'ai emporté la place au premier assaut. La princesse, quoique fort humaine pour ses sujets, n'est pas aussi prodigue de ses faveurs qu'on pourrait le croire d'abord; elle en connaît trop le prix pour ne pas vous les faire acheter; elle sait trop bien aussi ce qu'un juste retard donne de vivacité au désir.

Pour te conter la chose tout au long, il faut remonter un peu plus haut. Je t'ai fait un récit assez circonstancié de notre première entrevue. J'en ai eu encore une ou deux autres dans la même maison, puis elle m'a invité à aller chez elle; je ne me suis pas fait prier, comme tu peux le croire; j'y suis allé avec discrétion d'abord, puis un peu plus souvent, puis encore plus souvent, puis enfin toutes les fois que l'envie m'en prenait, et je dois avouer qu'elle m'en prenait au moins trois ou quatre fois par jour.

Rosette, puisque nous sommes convenus de l'appeler ainsi, est une femme d'un grand esprit et qui comprend l'homme de la manière la plus aimable; quoiqu'elle ait retardé quelque temps la conclusion du chapitre, je n'ai pas pris une seule fois de l'humeur contre elle : ce qui est vraiment merveilleux, car tu sais les belles fureurs où j'entre lorsque je n'ai pas sur-le-champ ce que je désire, et qu'une femme dépasse le temps que je lui ai assigné dans ma tête pour se rendre. Je ne sais pas comment elle a fait; dès la première entrevue elle m'a fait comprendre que je l'aurais, et j'en étais plus sûr que si j'en eusse tenu la promesse écrite et signée de sa main.

Je lui ai laissé déployer tranquillement toutes ses

petites coquetteries, et j'ai pris en patience les délais assez longs qu'il lui a plu d'apporter à mon ardeur: sa rigueur avait quelque chose de souriant qui vous en consolait autant que possible. Les honnêtes femmes, même lorsqu'elles le sont moins, ont une façon rechignée et dédaigneuse qui m'est parfaitement insupportable. Elles vous ont l'air toujours prêtes à sonner et à vous faire jeter à la porte par leurs laquais; et il me semble, en vérité, qu'un homme qui prend la peine de faire la cour à une femme (ce qui n'est pas déjà aussi agréable qu'on veut le croire) ne mérite pas d'être regardé de cette manière-là. La chère Rosette n'a pas de ces regards-là, elle; et je t'assure qu'elle y trouve son profit; c'est la seule femme avec qui j'aie été moi, et j'ai la fatuité de dire que je n'ai jamais été aussi bien. Mon esprit s'est déployé librement; et, par l'adresse et le feu de ses répliques, elle m'en a fait trouver plus que je ne m'en croyais et plus que je n'en ai peut-être réellement.

Chose miraculeuse! voilà près de deux mois que je la connais, et depuis ce temps je ne me suis ennuyé que lorsque je n'étais pas avec elle. Tu conviendras que cela n'est pas d'une femme médiocre de produire un pareil effet, car habituellement les femmes produisent sur moi l'effet précisément inverse, et me plaisent beaucoup plus de loin que de près.

Rosette a le meilleur caractère du monde, avec les hommes s'entend, car avec les femmes elle est méchante comme un diable; elle est gaie, vive, alerte, prête à tout, très originale dans sa manière de parler, et a toujours à vous dire quelques charmantes drôleries auxquelles on ne s'attend pas: c'est un délicieux compagnon, un joli camarade avec lequel on couche, plutôt qu'une maîtresse; et, si j'avais quelques années de plus et quelques idées romanesques de moins, cela me serait parfaitement égal, et même je m'estimerais le plus fortuné mortel qui soit. Mais... mais... – voilà une particule qui n'annonce rien de bon –, mais je suis un imbécile, un idiot, un véritable oison, qui ne sais me contenter de rien et qui vais toujours chercher midi à quatorze heures; et, au lieu d'être tout à fait heureux, je ne le suis qu'à moitié; à moitié, c'est déjà beaucoup pour ce monde-ci, et cependant je trouve que ce n'est pas assez.

Aux yeux de tout le monde, j'ai une maîtresse que plusieurs désirent et m'envient, et que personne ne dédaignerait. Mon désir est donc rempli en apparence, et je n'ai plus le droit de chercher des querelles au sort. Cependant il ne me semble pas avoir une maîtresse.

Ne va pas imaginer, d'après ce que je te dis, que je ne l'aime pas, ou qu'elle me déplaise en quelque chose: je l'aime au contraire beaucoup et je la trouve ce que tout le monde la trouvera: une jolie et piquante créature. Simplement je ne me sens pas l'avoir, voilà tout. Le cœur de l'homme est plein de ces absurdités-là; et, s'il fallait concilier toutes les contradictions qu'il renferme, on aurait fort à faire.

D'où cela peut-il venir? En vérité, je ne sais.

Je suis très malheureux de ne pouvoir acquérir la certitude morale d'une chose dont j'ai la certitude physique. Il dépend de moi, jusqu'à un certain point, d'avoir une maîtresse; mais je ne puis me forcer à croire que j'en aie une tout en l'ayant. Si je n'ai pas en moi la foi nécessaire, même pour une chose aussi évidente, il m'est aussi impossible de croire à un fait aussi simple qu'à un autre de croire à la Trinité. La foi ne s'acquiert pas, et c'est un pur don, une grâce spéciale du ciel.

Jamais personne autant que moi n'a désiré vivre de la vie des autres, et s'assimiler une autre nature; jamais personne n'y a moins réussi. Quoi que je fasse, les autres hommes ne sont guère pour moi que des fantômes, et je ne sens pas leur existence; ce n'est pourtant pas le désir de reconnaître leur vie et d'y participer qui me manque. C'est la puissance ou le défaut de sympathie réelle pour quoi que ce soit. La vue d'une femme ou d'un homme qui m'apparaît dans la réalité ne laisse pas sur mon âme de traces plus fortes que la vision fantastique du rêve: il s'agite autour de moi un pâle monde d'ombres et de semblants faux ou vrais qui bourdonnent sourdement, au milieu duquel je me trouve aussi parfaitement seul que possible, car aucun n'agit sur moi en bien ou en mal, et ils me paraissent d'une nature tout à fait différente. Si je leur parle et qu'ils me répondent quelque chose qui ait à peu près le sens commun, je suis aussi surpris que si mon chien ou mon chat prenait tout à coup la parole et se mêlait à la conversation: le son de leur voix m'étonne toujours, et je croirais très volontiers qu'ils ne sont que de fugitives apparences dont je suis le miroir objectif. Inférieur ou supérieur, à coup sûr je ne suis pas de leur espèce. Il y a des moments où je ne reconnais que Dieu au-dessus de moi, et d'autres où je me juge à peine l'égal du cloporte sous sa pierre ou du mollusque sur son banc de sable; mais, dans quelque situation d'esprit que je me trouve, haut ou bas, je n'ai jamais pu me persuader que les hommes étaient vraiment mes semblables. Quand on m'appelle monsieur, ou qu'en parlant de moi on dit: «Cet homme», cela me paraît fort singulier. Mon nom même me semble un nom en l'air et qui n'est pas mon véritable nom.

C'est surtout lorsque j'ai vécu avec une femme que j'ai le mieux senti combien ma nature repoussait invinciblement toute alliance. Je suis comme une goutte d'huile dans un verre d'eau. Vous aurez beau tourner et remuer, jamais l'huile ne se pourra lier avec elle; elle se divisera en cent mille petits globules qui se réuniront et remonteront à la surface, au premier moment de calme: la goutte d'huile et le verre d'eau, voilà mon histoire. J'ai les sens très vifs; mais mon âme est pour mon corps une sœur ennemie, et le malheureux couple, comme tout couple possible, légal ou illégal, vit dans un état de guerre perpétuel. Les bras d'une femme, ce qui lie le mieux sur la terre, à ce qu'on dit, sont pour moi de bien faibles attaches, et je n'ai jamais été plus loin de ma maîtresse que lorsqu'elle me serrait sur son cœur. J'étouffais, voilà tout.

Que d'efforts j'ai faits pour ne pas être ainsi! Comme je me suis exhorté à être tendre, amoureux, passionné ! que souvent j'ai pris mon âme par les cheveux et l'ai traînée sur mes lèvres au beau milieu d'un baiser !

Quoi que j'aie fait, elle s'est toujours reculée en s'essuyant, aussitôt que je l'ai lâchée. Quel supplice pour cette pauvre âme d'assister aux débauches de mon corps et de s'asseoir perpétuellement à des festins où elle n'a rien à manger !

C'est avec Rosette que j'ai résolu, une fois pour toutes, d'éprouver si je ne suis pas décidément insociable, et si je puis prendre assez d'intérêt dans l'existence d'une autre pour y croire. Avec elle, le plaisir est si vif que l'âme se trouve assez souvent, sinon touchée, au moins distraite, ce qui nuit un peu à l'exactitude des observations. Après tout, j'ai reconnu que cela ne passait pas la peau, et que je n'avais qu'une jouissance d'épiderme à laquelle l'âme ne participait que par curiosité. J'ai du plaisir, parce que je suis jeune et ardent ; mais ce plaisir me vient de moi et non d'un autre. La cause est dans moi-même plutôt que dans Rosette.

J'ai beau faire, je n'ai pu sortir de moi une minute.

Je suis toujours ce que j'étais, c'est-à-dire quelque chose de très ennuyé et de très ennuyeux, qui me déplaît fort. Je n'ai pu venir à bout de faire entrer dans ma cervelle l'idée d'un autre, dans mon âme le sentiment d'un autre, dans mon corps la douleur ou la jouissance d'un autre. Je suis prisonnier dans moi-même, et toute évasion est impossible : le prisonnier veut s'échapper, les murs ne demandent pas mieux que de crouler, les portes que de s'ouvrir pour lui livrer passage; je ne sais quelle fatalité retient invinciblement chaque pierre à sa place, et chaque verrou dans ses ferrures; il m'est aussi impossible d'admettre quelqu'un chez moi que d'aller moi-même chez les autres; je ne saurais ni faire ni recevoir de visites et je vis dans le plus triste isolement au milieu de la foule: mon lit peut n'être pas veuf, mais mon cœur l'est toujours.

Ah! ne pouvoir s'augmenter d'une seule parcelle, d'un seul atome; ne pouvoir faire couler le sang des autres dans ses veines; voir toujours de ses yeux, ni plus clair, ni plus loin, ni autrement; entendre les sons avec les mêmes oreilles et la même émotion; toucher avec les mêmes doigts; percevoir des choses variées avec un organe invariable; être condamné au même timbre de voix, au retour des mêmes tons, des mêmes phrases et des mêmes paroles, et ne pouvoir s'en aller, se dérober à soi-même, se réfugier dans quelque coin où l'on ne se suive pas; être forcé de se garder toujours, de dîner et de coucher avec soi, d'être le même homme pour vingt femmes nouvelles; traîner, au milieu des situations les plus étranges du drame de notre vie, un personnage obligé et dont vous savez le rôle par cœur; penser les mêmes choses, avoir les mêmes rêves: quel supplice, quel ennui!

J'aurais vendu mon âme pour arracher la baguette magique de la main d'une fée, mais je n'ai jamais rien tant souhaité que de rencontrer sur la montagne, comme Tirésias le devin, ces serpents qui font changer de sexe ; et ce que j'envie le plus aux dieux monstrueux et bizarres de l'Inde, ce sont leurs perpétuels avatars et leurs transformations innombrables.

Rosette, qui ne sait pas tout cela, fort heureusement, me croit l'homme le plus amoureux de la terre.

J'ai fait tout ce que j'ai pu pour me convaincre de sa possession : j'ai tâché de descendre dans son cœur, mais je me suis toujours arrêté à la première marche de l'escalier, à sa peau ou sur sa bouche. Mon âme ne s'est jamais unie avec cette âme. Non ! cette femme n'est pas ma maîtresse.

Une fois – c'était dans les commencements de notre liaison –, j'ai cru être arrivé à mon but, une minute j'ai cru avoir aimé ; j'ai aimé. Ô mon ami ! je n'ai vécu que cette minute-là. Nous étions sortis tous les deux à cheval, moi sur mon cher Ferragus, elle sur une jument couleur de neige. Nous suivions une grande allée d'ormes d'une hauteur prodigieuse ; le soleil descendait sur nous, tiède et blond, tamisé par les déchiquetures du feuillage. L'aspect du ciel était charmant et singulier. Nos bêtes allaient le pas et marchaient côte à côte d'une manière si égale que l'une ne dépassait pas l'autre. Mon cœur se dilatait, et mon âme débordait sur mon corps. Je n'avais jamais été si heureux. Je ne disais rien, ni Rosette non plus, et pourtant nous ne nous étions jamais aussi bien entendus. Nous étions si près l'un de l'autre que ma jambe touchait le ventre du cheval de Rosette. Je me penchai vers elle et passai mon bras autour de sa taille ; elle fit le même mouvement de son côté, et renversa sa tête sur mon épaule. Nos bouches se prirent ; ô quel chaste et délicieux baiser ! Ah ! je t'assure que dans ce moment-là je ne songeais guère si j'étais moi ou un autre. Nous allâmes ainsi jusqu'au bout de l'allée, où un bruit de pas nous fit reprendre brusquement notre position ; c'étaient des gens de connaissance aussi à cheval qui vinrent à nous et nous parlèrent. Si j'avais eu des pistolets, je crois que j'aurais tiré sur eux.

Après tout, j'avais tort de me mettre si fort en colère contre eux, car ils m'avaient rendu, sans le vouloir, le service de couper mon plaisir à point. C'est une science que l'on ne regarde pas avec tout le respect qu'on lui doit que celle de s'arrêter à temps. Quelquefois, en étant couché avec une femme, on lui passe le bras sous la taille : c'est d'abord une grande volupté. La belle s'endort dans cette position amoureuse et charmante. Cependant votre bras est plus pressé, vous commencez à vous apercevoir que c'est une femme et non pas une sylphide : mais vous n'ôteriez votre bras pour rien au monde, il y a beaucoup de raisons pour cela : la première, c'est qu'il est assez dangereux de réveiller une femme avec qui l'on est couché ; il faut être en état de substituer au rêve délicieux qu'elle fait sans doute une réalité encore plus délicieuse ; la seconde, c'est qu'en la priant de se soulever pour retirer votre bras vous lui dites d'une manière indirecte qu'elle est lourde et qu'elle vous gêne, ce qui n'est pas honnête, ou bien vous lui faites entendre que vous êtes faible ou fatigué, chose extrêmement humiliante pour vous et qui vous nuira infiniment dans son esprit ; la troisième est que, comme l'on a eu du plaisir dans cette position, l'on croit qu'en la gardant on pourra en éprouver encore, en quoi l'on se trompe. Le pauvre bras se trouve pris sous la masse qui l'opprime, le sang s'arrête, les nerfs sont tiraillés, et l'engourdissement vous picote avec ses millions d'aiguilles. Le jour vient enfin, qui vous délivre de ce martyre, et vous sautez à bas de ce chevalet avec plus d'empressement qu'aucun mari n'en met à descendre de l'échafaud nuptial.

Ceci est l'histoire de bien des passions.

C'est celle de tous les plaisirs.

Quoi qu'il en soit – malgré l'interruption ou à cause de l'interruption –, jamais volupté pareille n'a passé sur ma tête : je me sentais réellement un autre. L'âme de Rosette était entrée tout entière dans mon corps. Mon âme m'avait quitté et remplissait son cœur comme son âme à elle remplissait le mien. Sans doute, elles s'étaient rencontrées au passage dans ce long baiser équestre, comme Rosette l'a appelé depuis (ce qui m'a fâché, par parenthèse), et s'étaient traversées et confondues aussi intimement que le peuvent faire les âmes de deux créatures mortelles sur un grain de boue périssable.

Les anges doivent assurément s'embrasser ainsi, et le vrai paradis n'est pas au ciel, mais sur la bouche d'une personne aimée.

J'ai attendu vainement une minute pareille, et j'en ai sans succès provoqué le retour. Nous avons été bien souvent nous promener à cheval dans l'allée du bois, par de beaux couchers de soleil; les arbres avaient la même verdure, les oiseaux chantaient la même chanson, mais nous trouvions le soleil terne, le feuillage jauni: le chant des oiseaux nous paraissait aigre et discordant, l'harmonie n'était plus en nous. Nous avons mis nos chevaux au pas, et nous avons essayé le même baiser. Hélas! nos lèvres seules se joignaient, et ce n'était que le spectre de l'ancien baiser. Le beau, le sublime, le divin, le seul vrai baiser que j'aie donné et reçu en ma vie était envolé à tout jamais. Depuis ce jour-là je suis toujours revenu du bois avec un fond de tristesse inexprimable.

Pourquoi ai-je eu tant de plaisir ce soir-là? Il me serait bien difficile de le dire. J'étais pourtant le même homme, Rosette la même femme. Ce baiser n'avait rien de nouveau pour moi; mais il était tel que j'avais pensé qu'il serait. C'est peut-être la seule fois de ma vie que je n'ai pas été désappointé, et que la réalité m'a paru aussi belle que l'idéal. Si je pouvais trouver une femme, un paysage, une architecture, quelque chose qui répondît à mon désir intime aussi parfaitement que cette minute-là a répondu à la minute que j'avais rêvée, je n'aurais rien à envier aux dieux, et je renoncerais très volontiers à ma stalle du paradis. Mais cette femme n'existe pas. Si, elle existe; je n'en suis peut-être séparé que par une cloison. Je l'ai peut-être coudoyée hier ou aujourd'hui.

Que manque-t-il à Rosette pour être cette

femme-là? Il lui manque que je le croie. Quelle fatalité me fait donc avoir toujours pour maîtresses des femmes que je n'aime pas?

Je n'aime pas Rosette; du moins l'amour que j'ai pour elle, si j'en ai, ne ressemble pas à l'idée que je me suis faite de l'amour. Après cela mon idée n'est peut-être pas juste. Je n'ose rien décider. Toujours est-il qu'elle me rend tout à fait insensible au mérite des autres femmes, et je n'ai désiré personne avec un peu de suite depuis que je la possède. Si elle a à être jalouse, ce n'est que de fantômes, ce dont elle s'inquiète assez peu, et pourtant mon imagination est sa plus redoutable rivale; c'est une chose dont, avec toute sa finesse, elle ne s'apercevra probablement jamais.

Si les femmes savaient cela! Que d'infidélités l'amant le moins volage fait à la maîtresse la plus adorée! Il est à présumer que les femmes nous le rendent et au-delà; mais elles font comme nous, et n'en disent rien. Une maîtresse est un thème obligé qui disparaît ordinairement sous les fioritures et les broderies. Bien souvent les baisers qu'on lui donne ne sont pas pour elle; c'est l'idée d'une autre femme que l'on embrasse dans sa personne, et elle profite plus d'une fois (si cela peut s'appeler un profit) des désirs inspirés par une autre.

Femmes, quand vous voyez votre amant devenir plus tendre que de coutume, vous étreindre dans ses bras avec une émotion extraordinaire, soyez certaines qu'il ne sait seulement pas si vous êtes là; qu'il a, en ce moment, rendez-vous avec une chimère que vous rendez palpable, et dont vous jouez le rôle. Bien des chambrières ont profité de l'amour qu'inspiraient des reines. Bien des femmes ont profité de l'amour qu'inspiraient des déesses, et une réalité assez vulgaire a souvent servi de socle à l'idole idéale.

Je n'ai fait à Rosette que des infidélités de ce genre-là. Je ne l'ai trahie que pour des tableaux et des statues, et elle a été de moitié dans la trahison. Je n'ai pas sur la conscience le plus petit péché matériel à me reprocher. Et pourtant, sans être amoureux de personne, je désirerais l'être de quelqu'un.

## IV

Sais-tu que voilà tantôt cinq mois – oui, cinq mois, tout autant, cinq éternités – que je suis le Céladon en pied de Mme Rosette ?

Cinq mois en tête à tête, pour ainsi dire, car nous nous voyons tous les jours et presque toutes les nuits. Eh bien ! c'est une chose qu'il faut dire à la gloire de l'incomparable Rosette, je ne me suis pas trop ennuyé, et ce temps-là sera sans doute le plus agréablement passé de ma vie. Je ne crois pas qu'il soit possible d'occuper d'une manière plus soutenue et plus amusante un homme qui n'a point de passion, et Dieu sait quel terrible désœuvrement est celui qui provient d'un cœur vide ! On ne peut se faire une idée des ressources de cette femme.

Cependant, si habile qu'elle soit, le tête-à-tête ne peut se prolonger plus longtemps, et, dans cette dernière quinzaine, il m'est arrivé assez souvent, ce que je n'avais jamais fait jusque-là, d'ouvrir les livres qui sont sur la table, et d'en lire quelques lignes dans les interstices de la conversation. Rosette l'a remarqué et en a conçu un effroi qu'elle a eu peine à dissimuler, et elle a fait emporter tous les livres de son cabinet. J'avoue que je les regrette, quoique je n'ose pas les redemander.

L'autre jour – symptôme effrayant ! –, quelqu'un

est venu pendant que nous étions ensemble, et, au lieu d'enrager comme je faisais dans les commencements, j'en ai éprouvé une espèce de joie. J'ai presque été aimable : j'ai soutenu la conversation que Rosette tâchait de laisser tomber afin que le monsieur s'en allât, et, quand il fut parti, je me mis à dire qu'il ne manquait pas d'esprit et que sa société était assez agréable. Rosette me fit souvenir qu'il y avait deux mois que je l'avais précisément trouvé stupide et le plus sot fâcheux qui fût sur la terre, ce à quoi je n'eus rien à répondre, car en vérité je l'avais dit ; et j'avais cependant raison, malgré ma contradiction apparente : car la première fois il dérangeait un tête-à-tête charmant, et la seconde fois il venait au secours d'une conversation épuisée et languissante (d'un côté du moins), et m'évitait, pour ce jour-là, une scène de tendresse assez fatigante à jouer.

Voilà où nous en sommes ; la position est grave – surtout quand il y en a un des deux qui est encore épris et qui s'attache désespérément aux restes de l'amour de l'autre. Je suis dans une perplexité grande. Quoique je ne sois pas amoureux de Rosette, j'ai pour elle une très grande affection, et je ne voudrais rien faire qui lui causât de la peine. Je veux qu'elle croie, aussi longtemps que possible, que je l'aime.

Ce matin nous avons eu ensemble un entretien que je vais rapporter sous sa forme dramatique pour plus de fidélité, et qui me fait craindre de ne pouvoir prolonger notre liaison bien longtemps.

La scène représente le lit de Rosette. Un rayon de soleil plonge à travers les rideaux : il est dix heures. Rosette a un bras sous mon cou et ne remue pas, de peur de m'éveiller. De temps en temps, elle se soulève un peu sur le coude et penche sa figure sur la mienne en retenant son souffle. Je vois tout cela à travers le grillage de mes cils, car il y a une heure que je ne dors plus.

ROSETTE, *voyant que je ne dors plus.* – Ô le vilain dormeur !

MOI, *bâillant.* – Haaa !

ROSETTE. – Ne bâillez donc pas comme cela, ou je ne vous embrasserai pas de huit jours.

MOI. – Bah ! tu m'embrasseras avant ce soir, ou je meurs.

ROSETTE. – Vous mourrez ! Est-il fat ? Je vous ai gâté, monsieur.

MOI. – Je vivrai. Je ne suis pas fat et tu ne m'as pas gâté, au contraire. D'abord, je demande la suppression du « monsieur » ; je suis assez de tes connaissances pour que tu m'appelles par mon nom et que tu me tutoies.

ROSETTE. – Je t'ai gâté, d'Albert !

MOI. – Bien. Maintenant approche ta bouche.

ROSETTE. – Non. Vous ne m'aimez plus. Vous ne m'aimez pas, vous ne m'avez jamais aimée.

MOI. – Ah ! la chose se complique : vous ne m'aimez plus et vous ne m'avez jamais aimée. Ceci est passablement contradictoire : comment puis-je cesser de faire une chose que je n'ai jamais commencée ?

Rosette. – J'avais tant envie d'être aimée de vous que j'ai aidé moi-même à me faire illusion. On croit aisément ce que l'on désire ; mais maintenant je vois bien que je me suis trompée. Vous vous êtes trompé vous-même ; vous avez pris un goût pour de l'amour, et du désir pour de la passion. La chose arrive tous les jours. Je ne vous en veux pas : c'est à mon peu de charmes que je dois m'en prendre. J'aurais dû être plus belle, plus enjouée, plus coquette ; j'aurais dû tâcher de monter jusqu'à toi, ô mon poète ! au lieu de vouloir te faire descendre jusqu'à moi. Je t'ai emprisonné dans mon amour, et j'ai cru, en me donnant à toi tout entière, que tu en garderais quelque chose... (*Elle pleure.*)

Moi. – Si vous pleurez comme cela, vous allez assurément changer notre lit en baignoire. Que dis-je, en baignoire ? en océan. Savez-vous nager, Rosette ?

Rosette. – Scélérat !

Moi. – Allons, voilà que je suis un scélérat ! Vous me flattez, Rosette, je n'ai point cet honneur : je suis un bourgeois débonnaire, hélas ! et je n'ai pas commis le plus petit crime. Je vous ai aimée, et je vous aime le plus que je peux. Depuis que je suis votre amant, je vous ai donné tout mon temps, mes jours et mes nuits. Je vous ai donné mille preuves de ma tendresse. Je ne vous parlerai pas de la fidélité la plus exacte, cela va sans dire. Que voulez-vous de plus ? Me voilà dans votre lit ; j'y étais hier, j'y serai demain. Est-ce ainsi que l'on se conduit avec les gens que l'on n'aime pas ? Je fais tout ce que tu veux; tu dis: «Allons», je vais; «Restons», je reste; je suis le plus admirable amoureux du monde, ce me semble. Qu'avez-vous à me reprocher?

ROSETTE. – Rien. Assurément, je préférerais avoir quelque faute à vous pardonner. Je vous gronderais, vous vous excuseriez tant bien que mal, et nous nous raccommoderions. Apprenez, monsieur, que je ne me livre qu'aux gens qui m'aiment ou dont je crois être aimée. Vous n'êtes dans aucun de ces deux cas. Permettez que je me lève.

MOI. – Si tu te lèves, je me lèverai aussi. Tu auras la peine de te recoucher: voilà tout.

ROSETTE. – Laissez-moi!

MOI. – Pardieu non!

ROSETTE, *se débattant.* – Oh! vous me lâcherez!

MOI. – J'ose, madame, vous assurer le contraire.

Ici, mon cher ami, je pense qu'il ne serait pas hors de propos de mettre une ligne de points, car le reste de ce dialogue ne se pourrait guère traduire que par des onomatopées.

. . . . . . . . . . . . . . . . . . . . . . . . . . . . . .

Le rayon de soleil, depuis le commencement de cette scène, a eu le temps de faire le tour de la chambre. Une odeur de tilleul arrive du jardin, suave et pénétrante. Le temps est le plus beau qui se puisse voir. Nous nous levons, et, après avoir déjeuné de grand appétit, nous allons faire une longue promenade champêtre. La transparence de l'air, la splendeur de la campagne et l'aspect de cette nature en joie m'ont jeté dans l'âme assez de sentimentalité et de tendresse pour faire convenir Rosette qu'au bout du compte j'avais une manière de cœur tout comme un autre.

En la regardant, je songeai que j'étais aussi stupide qu'une autruche. J'avais ce que je désirais depuis si longtemps, une maîtresse à moi comme mon cheval et mon épée, jeune, jolie, amoureuse et spirituelle ; sans mère à grands principes, sans père décoré, sans tante revêche, sans frère spadassin, avec cet agrément ineffable d'un mari dûment scellé et cloué dans un beau cercueil de chêne doublé de plomb, le tout recouvert d'un gros quartier de pierre de taille, ce qui n'est pas à dédaigner ; une maîtresse libre comme l'air des montagnes, et assez riche pour entrer dans les raffinements et les élégances les plus exquises, n'ayant d'ailleurs aucune espèce d'idée morale, faisant fort peu de cas du platonisme et ne s'en cachant point, et toutefois mettant toujours le cœur de la partie ; une femme qui, si elle avait été posée dans une autre sphère, serait indubitablement devenue la plus admirable courtisane du monde.

Or cette femme ainsi faite était à moi. J'en faisais ce que je voulais ; j'avais la clef de sa chambre et de son tiroir ; je décachetais ses lettres ; je lui avais ôté son nom et je lui en avais donné un autre. C'était ma chose, ma propriété. Sa jeunesse, sa beauté, son amour, tout cela m'appartenait, j'en usais, j'en abusais. Je la faisais coucher dans le jour et se lever la nuit, si la fantaisie m'en prenait, et elle obéissait simplement et sans avoir l'air de me faire un sacrifice, et sans prendre de petits airs de victime résignée. Elle était attentive, caressante, et, chose monstrueuse, exactement fidèle ; c'est-à-dire que si, il y a six mois, au temps où je me dolentais de ne pas avoir de maîtresse, on m'avait fait entrevoir, même lointainement, un pareil bonheur, j'en serais devenu fou de joie, et j'eusse envoyé mon chapeau cogner le ciel en signe de réjouissance. Eh bien ! maintenant que je l'ai, ce bonheur me laisse froid. Je quitterais Rosette, j'en ai la conviction intime, qu'au bout d'un mois, peut-être de moins, je l'aurais si parfaitement et si soigneusement oubliée que je ne saurais plus si je l'ai connue ou non ! En fera-t-elle autant de son côté ? Je crois que non.

Malheureusement, il y a deux choses au monde qui ne se peuvent commander : l'amour et l'ennui. Je fais des efforts surhumains pour vaincre cette somnolence qui me gagne malgré moi, et, comme ces provinciaux qui s'endorment à dix heures dans les salons des villes, je tiens mes yeux le plus écarquillés possible, et je relève mes paupières avec mes doigts ! Rien n'y fait, et je prends un laisser-aller conjugal on ne peut plus déplaisant.

La chère enfant m'a emmené hier à la campagne.

Il ne serait peut-être pas hors de propos que je te fisse une petite description de la susdite campagne, qui est assez jolie ; cela égayerait un peu toute cette métaphysique, et d'ailleurs il faut bien un fond pour les personnages, et les figures ne peuvent pas se détacher sur le vide ou sur cette teinte brune et vague dont les peintres remplissent le champ de leur toile.

Les abords en sont très pittoresques. On arrive, par une grande route bordée de vieux arbres ; puis le terrain se creuse tout à coup. La route plonge dans une vallée assez étroite, dont le fond est occupé par une petite rivière qu'elle enjambe par un pont d'une seule arche. À côté du pont, il y a un moulin et une fabrique en pierres rouges en forme de tour. À cet endroit commence une avenue de sorbiers dont les fruits écarlates attirent des nuées d'oiseaux. Après avoir cheminé quelque temps, on se trouve devant une grille en fer qui a été dorée et peinte. Puis le chemin se dirige vers le château, que l'on ne voit pas encore, car il est enfoui dans la verdure comme un nid d'oiseau. Deux grands murs crénelés, remplis de barbacanes et de meurtrières imitant une forteresse ruinée, se dressent de chaque côté de la route ; une tour où s'accrochent des lierres gigantesques laisse tomber un véritable pont-levis avec des chaînes de fer qu'on baisse tous les matins. On passe par une belle arcade ogive dans l'intérieur du donjon, et de là dans la seconde enceinte, où les arbres, qui n'ont pas été coupés depuis plus d'un siècle, sont d'une hauteur extraordinaire, avec des troncs noueux emmaillotés de plantes parasites. Rien au monde n'est plus pittoresque. C'est un assemblage de bâtiments construits à différentes époques, avec des pignons inégaux et une foule de petits clochetons. L'aspect de l'édifice est charmant. Cette habitation que je ne connaissais pas, car elle est à une vingtaine de lieues, me plut tout d'abord, et je sus à Rosette le plus grand gré d'avoir eu cette idée triomphante de choisir un pareil nid à nos amours.

Je ne te décrirai pas la vie que nous menons ici, elle est facile à imaginer. Ce sont des promenades dans les grands bois, des violettes et des fraises, des baisers et de petites fleurs bleues, des goûters sur l'herbe, des lectures et des livres oubliés sous les arbres.

Rosette me comble de caresses et de prévenances ; elle, plus roucoulante qu'une colombe au mois de mai, elle se roule autour de moi et m'entoure de ses replis ; elle tâche que je n'aie d'autre atmosphère que son souffle et d'autre horizon que ses yeux ; elle fait mon blocus très exactement et ne laisse rien entrer ni sortir sans permission ; elle s'est bâti un petit corps de garde à côté de mon cœur, d'où elle le surveille nuit et jour. Elle ne fait pas la plus petite chose sans prendre mon avis, et semble avoir fait abnégation complète de sa fantaisie et de sa volonté ; elle cherche à deviner ma pensée et à la prévenir ; elle est assommante d'esprit, de tendresse et de complaisance ; elle est d'une perfection à jeter par les fenêtres. Comment diable pourrai-je quitter une femme aussi adorable sans avoir l'air d'un monstre ? Il y a de quoi décréditer mon cœur à tout jamais.

Oh ! que je souhaiterais la prendre en faute, lui trouver un tort ! comme j'attends avec impatience une occasion de dispute ! mais il n'y a pas de danger que la scélérate me la fournisse ! Quand, pour amener une altercation, je lui parle brusquement et d'un ton dur, elle me répond des choses si douces, avec une voix si argentine, des yeux si trempés, d'un air si triste et si amoureux que je me fais à moi-même l'effet d'un plus que tigre ou tout au moins d'un crocodile, et que, tout en enrageant, je suis forcé de lui demander pardon.

À la lettre, elle m'assassine d'amour. Rosette raisonne ainsi :

« Voici un jeune homme qui n'a plus qu'un reste de goût pour moi, et, comme il est assez naïf et débonnaire, il n'ose pas le témoigner ouvertement ; il est évident que je l'ennuie, mais il crèvera plutôt à la peine que de prendre sur lui de me quitter. Or, comme rien au monde n'est plus insupportable que les caresses d'une personne que l'on commence à n'aimer plus (et n'aimer plus une femme, c'est la haïr violemment), je m'en vais les lui prodiguer de manière à l'indigestionner, et il faudra qu'il m'envoie à tous les diables ou qu'il se remette à m'aimer comme au premier jour, ce qu'il se gardera soigneusement de faire. »

Rien n'est mieux imaginé. N'est-il pas charmant de faire l'Ariane délaissée ? L'on vous plaint, l'on vous admire, l'on n'a pas assez d'imprécations pour l'infâme qui a eu la monstruosité d'abandonner une créature aussi adorable.

Une femme si bonne, si belle, si passionnée, qui a fait de si grands sacrifices, à qui l'on n'a pas à reprocher la moindre chose ; une femme qu'on aurait dû adorer à genoux, et qu'il faudra couper en petits morceaux, après sa mort, afin d'en faire des reliques : la laisser là iniquement, frauduleusement, scélératement ! Il faut avoir un pavé dans le ventre, au lieu du cœur, pour se conduire de la sorte.

Ô hommes ! hommes !

Je me dis cela ; mais peut-être n'est-ce pas vrai.

Si grandes comédiennes que soient naturellement les femmes, j'ai peine à croire qu'elles le soient à ce point-là ; et, au bout du compte, toutes les démonstrations de Rosette ne sont-elles que l'expression exacte de ses sentiments pour moi ? Quoi qu'il en soit, la continuation du tête-à-tête n'est plus possible, et la belle châtelaine vient d'envoyer enfin des invitations à ses connaissances du voisinage. Nous sommes occupés à faire des préparatifs pour recevoir ces dignes provinciaux et provinciales. Adieu, cher.

## V

Je m'étais trompé. Rosette ne jouait pas de rôle, et si jamais femme fut vraie, c'est elle. Eh bien ! je lui en veux presque de la sincérité de sa passion qui est un lien de plus et qui rend une rupture plus difficile ou moins excusable ; je la préférerais fausse et volage. Quelle singulière position que celle-là ! On voudrait s'en aller, et l'on reste ; on voudrait dire : « Je te hais », et l'on dit : « Je t'aime ». L'on est fidèle avec des regrets de l'être. Le temps et les occasions de se voir qui se présentaient autrefois si naturellement ne se trouvent plus aujourd'hui que difficilement. L'on commence à se souvenir que l'on a des affaires qui sont d'importance. Cette situation pleine de tiraillements est des plus pénibles, mais elle ne l'est pas encore autant que celle où je me trouve. Quand c'est une nouvelle amitié qui vous enlève à l'ancienne, il est plus facile de se dégager. C'est comme une nouvelle jeunesse qui vous vient. L'on a en outre le changement de lieux, d'habitudes et de personnes ; l'on sent bien une espèce de remords ; mais le désir qui voltige et bourdonne autour de votre tête, comme une abeille du printemps, vous empêche d'en entendre la voix ; le vide de votre cœur est comblé, et vos souvenirs s'effacent sous les impressions. Mais ici ce n'est pas la même chose: je n'aime personne, et ce n'est que par lassitude et par ennui plutôt de moi que d'elle que je voudrais pouvoir rompre avec Rosette.

Mes anciennes idées, qui s'étaient un peu assoupies, se réveillent plus folles que jamais. Je suis, comme autrefois, tourmenté du désir d'avoir une maîtresse, et, comme autrefois, dans les bras mêmes de Rosette, je doute si j'en ai jamais eu. Ma beauté idéale me sourit du haut de son hamac de nuages, je crois reconnaître sa voix dans le chant des oiseaux, dans le murmure des feuillages. Comme au temps de mes agitations, je me sens impatiemment attendu dans un coin de la terre, je ne sais lequel.

Je me suis laissé prendre l'aile à cette glu perfide, espérant n'y laisser qu'une plume et croyant pouvoir m'envoler quand bon me semblerait: rien n'est plus difficile; je me trouve couvert d'un filet imperceptible, plus malaisé à rompre que celui forgé par Vulcain, et le tissu des mailles est si fin et si serré qu'il n'y a point jour à se pouvoir échapper. Le filet, du reste, est large, et l'on peut se remuer dedans avec une apparence de liberté; il ne se fait guère sentir que lorsqu'on essaye à le rompre; mais alors il résiste et se fait solide comme une muraille d'airain.

Que de temps j'ai perdu, ô mon idéal! sans faire le moindre effort pour te réaliser! Comme je me suis laissé aller lâchement à cette volupté d'une nuit! et combien je mérite peu de te rencontrer!

Quelquefois je songe à former une autre liaison; mais je n'ai personne en vue: plus souvent je me propose, si je parviens à rompre, de ne me jamais rengager en de tels liens, et pourtant rien ne justifie cette résolution : car cette affaire a été en apparence fort heureuse, et je n'ai pas le moins du monde à me plaindre de Rosette.

Et puis, s'il faut l'avouer, il y a au fond de moi un motif sourd et honteux qui n'ose se produire au grand jour, et qu'il faut pourtant bien que je te dise, puisque je t'ai promis de ne rien cacher, et que, pour qu'une confession soit méritoire, il faut qu'elle soit complète ; ce motif est pour beaucoup dans toutes ces incertitudes. Si je romps avec Rosette, il se passera nécessairement quelque temps avant qu'elle ne soit remplacée. Je suis tellement amolli par la volupté, le poison s'est insinué si profondément dans mes os que je ne puis supporter l'idée d'être un ou deux mois sans femme. Voilà de l'égoïsme, et du plus sale ; mais je crois que, s'ils voulaient être francs, les plus vertueux pourraient confesser des choses assez analogues.

C'est par là que je suis le plus fortement englué, et, n'était cette raison, il y aurait longtemps que Rosette et moi nous serions brouillés sans retour. Et puis, en vérité, c'est une chose si mortellement ennuyeuse que de faire la cour à une femme que je ne m'en sens pas le cœur. Recommencer à dire toutes les sottises charmantes que j'ai déjà dites tant de fois, refaire l'adorable, écrire des billets et y répondre ; reconduire des beautés, le soir, à deux lieues de chez soi ; attraper du froid aux pieds et des rhumes devant la fenêtre en épiant une ombre chérie ; calculer sur un sofa combien de tissus superposés vous séparent de votre déesse ; porter des bouquets et courir les bals pour arriver où j'en suis, c'est bien la peine ! Autant vaut rester dans son ornière. En sortir pour retomber dans une autre exactement pareille, après s'être beaucoup agité et donné bien du mal – à quoi bon ? Si j'étais amoureux, la chose irait d'elle-même, et tout cela me paraîtrait ravissant ; mais je ne le suis point, quoique j'aie la plus forte envie de l'être ; car, après tout, il n'y a que l'amour au monde ; et, si le plaisir qui n'en est que l'ombre a tant d'amorces pour nous, que doit donc être la réalité ?

Oh ! si un mot dit tout bas me faisait changer de couleur ; si j'avais cette vertu de ne pas dîner pour arriver plus tôt à un rendez-vous ; si j'étais capable de poignarder un rival ou de me battre en duel avec un mari ; si, par une grâce particulière du ciel, il m'était donné de trouver spirituelles les femmes qui sont laides, et bonnes celles qui sont laides et bêtes ; si je pouvais me résoudre à danser le menuet et à écouter les sonates que jouent les jeunes personnes sur le clavecin ou sur la harpe ; enfin, si j'étais un homme et non pas un poète, je serais certainement beaucoup plus heureux que je ne suis – je m'ennuierais moins et serais moins ennuyeux.

Je n'ai jamais demandé aux femmes qu'une seule chose – c'est la beauté ; je me passe très volontiers d'esprit et d'âme. Pour moi, une femme qui est belle a toujours de l'esprit ; elle a l'esprit d'être belle, et je ne sais pas lequel vaut celui-là. Je préfère une jolie bouche à un joli mot, et une épaule bien modelée à une vertu; la beauté pour moi, c'est la Divinité visible, c'est le bonheur palpable, c'est le ciel descendu sur la terre.

La beauté, seule chose qu'on ne puisse acquérir, inaccessible à tout jamais à ceux qui ne l'ont pas d'abord; fleur éphémère et fragile qui croît sans être semée, pur don du ciel! – ô beauté! tu es admirable et précieuse comme tout ce qui est hors de la portée de l'homme. On peut échanger son escabeau pour un trône; on peut conquérir le monde, beaucoup l'ont fait; mais qui pourrait ne pas s'agenouiller devant toi, pure personnification de la pensée de Dieu?

Je conçois parfaitement le fol enthousiasme des Grecs pour la beauté. Je n'achèterais rien d'une marchande qui serait laide; je donne plus volontiers aux mendiants dont les haillons et la maigreur sont pittoresques. Je ne battrais jamais un beau cheval ou un beau chien, et je ne voudrais pas d'un ami ou d'un domestique qui ne serait point d'un extérieur agréable. C'est un véritable supplice pour moi que de voir de vilaines choses ou de vilaines personnes. C'est pourquoi j'évite la compagnie des vieillards; cela me contriste et m'affecte désagréablement, parce qu'ils sont ridés et déformés, quoique cependant quelques-uns aient une beauté spéciale; et, dans la pitié que j'ai d'eux, il y a beaucoup de dégoût: de toutes les ruines du monde, la ruine de l'homme est assurément la plus triste à contempler.

La seule chose au monde que j'ai enviée avec quelque suite, c'est d'être beau. Bien des fois je me regarde, des heures entières, dans le miroir avec une fixité et une attention inimaginables, pour voir s'il n'est pas survenu quelque amélioration dans ma figure. J'espère toujours qu'un printemps ou l'autre je me dépouillerai de cette forme que j'ai, comme un serpent qui laisse sa vieille peau. Dire qu'il faudrait si peu de chose pour que je sois beau, et que je ne le serai jamais ! Quoi donc ! une demi-ligne, un centième, un millième de ligne de plus ou de moins dans un endroit ou dans un autre, un peu moins de chair sur cet os, un peu plus sur celui-ci – un peintre, un statuaire auraient rajusté cela en une demi-heure. Qu'est-ce que cela faisait aux atomes qui me composent de se cristalliser de telle ou telle façon ? En vérité, si je tenais le hasard à la gorge, je crois que je l'étranglerais.

On voit tant de belles figures dans les tableaux ! – pourquoi aucune de celles-là n'est-elle la mienne ? – tant de têtes charmantes qui disparaissent sous la poussière et la fumée du temps au fond des vieilles galeries ! Ne vaudrait-il pas mieux qu'elles quittassent leurs cadres et vinssent s'épanouir sur mes épaules ? pourquoi Dieu ou le hasard n'a-t-il pas l'esprit de faire ce dont un homme vient à bout avec quelques poils emmanchés d'un bâton et quelques pâtes de différentes couleurs délayées sur une planche ?

Être beau, c'est-à-dire avoir en soi un charme qui fait que tout vous sourit et vous accueille ; qu'avant que vous ayez parlé tout le monde est déjà prévenu en votre faveur et disposé à être de votre avis ; que vous n'avez qu'à passer par une rue, ou vous montrer à un balcon pour vous créer, dans la foule, des amis ou des maîtresses. N'avoir pas besoin d'être aimable pour être aimé, être dispensé de tous ces frais d'esprit et de complaisance auxquels la laideur vous oblige, et de ces mille qualités morales qu'il faut avoir pour suppléer la beauté du corps ; quel don splendide et magnifique !

Et celui qui joindrait à la beauté suprême la force suprême, qui, sous la peau d'Antinoüs, aurait les muscles d'Hercule, que pourrait-il désirer de plus ? Je suis sûr qu'avec ces deux choses et l'âme que j'ai, avant trois ans, je serais empereur du monde !

Une autre chose que j'ai désirée presque autant que la beauté et que la force, c'est le don de me transporter aussi vite que la pensée d'un endroit à un autre. La beauté de l'ange, la force du tigre et les ailes de l'aigle, et je commencerais à trouver que le monde n'est pas aussi mal organisé que je le croyais d'abord. Un beau masque pour séduire et fasciner sa proie, des ailes pour fondre dessus et l'enlever, des ongles pour la déchirer ; tant que je n'aurai pas cela, je serai malheureux.

Toutes les passions et tous les goûts que j'ai eus n'ont été que des déguisements de ces trois désirs. J'ai aimé les armes, les chevaux et les femmes : les armes, pour remplacer les nerfs que je n'avais pas ; les chevaux, pour me servir d'ailes ; les femmes, pour posséder au moins dans quelqu'une la beauté qui me manquait à moi-même. Dans les femmes je n'ai cherché que l'extérieur, et, comme jusqu'à présent celles que j'ai vues sont loin de répondre à l'idée que je me suis faite de la beauté, je me suis rejeté sur les tableaux et les statues. Il y a quelque chose de grand et de beau à aimer une statue, c'est que l'amour est parfaitement désintéressé, qu'on n'a à craindre ni la satiété ni le dégoût de la victoire. L'impossible m'a toujours plu.

N'est-il pas singulier que moi, qui, loin d'avoir abusé de tout, n'ai pas même usé des choses les plus simples, j'en sois venu à ce degré de blasement de n'être plus chatouillé que par le bizarre ou le difficile ? C'est une erreur de croire que la possession soit la seule route qui mène à la satiété. On y arrive aussi par le désir, et l'abstinence use plus que l'excès. Un désir tel que le mien est quelque chose d'autrement fatigant que la possession.

J'ai traversé tant de choses, quoique j'aie fait le tour de bien peu, qu'il n'y a plus que les sommets les plus escarpés qui me tentent. Je suis attaqué de cette maladie qui prend aux peuples et aux hommes puissants dans leur vieillesse : l'impossible. Tout ce que je peux faire n'a pas le moindre attrait pour moi. Tibère, Caligula, Néron, grands Romains de l'empire, ô vous que l'on a si mal compris, je souffre de votre mal et je vous plains de tout ce qui me reste de pitié ! Moi aussi je voudrais bâtir un pont sur la mer et paver les flots ; j'ai rêvé de brûler des villes pour illuminer mes fêtes ; j'ai souhaité d'être femme pour connaître de nouvelles voluptés. Colosses du monde antique, il bat sous mes faibles côtes un cœur aussi grand que le vôtre, et, à votre place, ce que vous avez fait je l'aurais fait et peut-être davantage.

Que de Babels j'ai entassées les unes sur les autres pour atteindre le ciel, souffleter les étoiles et cracher de là sur la création! Pourquoi donc ne suis-je pas Dieu, puisque je ne puis être homme?

Oh! je crois qu'il faudra cent mille siècles de néant pour me reposer de la fatigue de ces vingt années de vie.

J'ai vécu dans le milieu le plus calme et le plus chaste. Mes années se sont écoulées, à l'ombre du fauteuil maternel, avec les petites sœurs et le chien de la maison. Je n'ai vu autour de moi que de bonnes têtes douces et tranquilles de vieux domestiques blanchis à notre service, de parents ou d'amis graves et sentencieux; quelques tantes d'un certain âge, grassouillettes, proprettes, discrètes; des meubles sévères jusqu'à la tristesse, des boiseries de chêne nu, des tentures de cuir, tout un intérieur d'une couleur sobre et étouffée, comme en ont fait certains maîtres flamands. Il semblait impossible que tous les enfants élevés dans une telle maison ne finissent pas par se faire prêtres ou religieuses: eh bien! dans cette atmosphère de pureté et de repos, sous cette ombre et ce recueillement, je me pourrissais petit à petit, et sans qu'il en parût rien, comme une nèfle sur la paille. Au sein de cette famille honnête, pieuse, sainte, j'étais parvenu à un degré de dépravation horrible. N'est-ce pas là une chose inexplicable qu'un enfant né de parents vertueux, élevé avec soin et discrétion, tenu loin de toute chose mauvaise, se pervertisse tout seul à un tel point, et arrive où j'en suis arrivé? Je suis sûr qu'en remontant jusqu'à la sixième génération, on ne retrouverait pas parmi mes ancêtres un seul atome pareil à ceux dont je suis formé. Je ne suis pas de ma famille; je ne suis pas une branche de ce noble tronc, mais un champignon vénéneux poussé par quelque lourde nuit d'orage entre ses racines moussues; et pourtant personne n'a eu plus d'aspirations et d'élans vers le beau que moi, personne n'a essayé plus opiniâtrement de déployer ses ailes; mais chaque tentative a rendu ma chute plus profonde, et ce qui devait me sauver m'a perdu.

La solitude m'est plus mauvaise que le monde. Tout ce qui m'enlève à moi-même m'est salutaire: la société m'ennuie, mais m'arrache forcément à cette rêverie creuse dont je monte et je descends la spirale. Aussi, depuis que le tête-à-tête est rompu, et qu'il y a du monde ici, je suis moins sujet à me laisser aller à mes humeurs noires, et je suis moins travaillé de ces désirs démesurés qui me fondent sur le cœur comme une nuée de vautours dès que je reste un moment inoccupé. Il y a quelques femmes assez jolies et un ou deux jeunes gens assez aimables et fort gais; mais, dans tout cet essaim provincial, ce qui me charme le plus est un jeune cavalier qui est arrivé depuis deux ou trois jours; il m'a plu tout d'abord, et je l'ai pris en affection, rien qu'à le voir descendre de son cheval. Il est impossible d'avoir meilleure grâce; il n'est pas très grand, mais il est svelte et bien pris dans sa taille; bien des femmes lui envieraient sa main et son pied. Le seul défaut qu'il ait, c'est d'être trop beau et d'avoir des traits trop délicats pour un homme. Il est muni d'une paire d'yeux les plus beaux et les plus noirs du monde, qui ont une expression indéfinissable et dont il est difficile de soutenir le regard; mais, comme il est fort jeune et n'a pas d'apparence de barbe, la mollesse et la perfection du bas de sa figure tempèrent un peu la vivacité de ses prunelles d'aigle; ses cheveux bruns et lustrés flottent sur son cou en grosses boucles, et donnent à sa tête un caractère particulier. Voilà donc enfin un des types de beauté que je rêvais réalisé et marchant devant moi! Quel dommage que ce soit un homme, ou quel dommage que je ne sois pas une femme!

Il paraît qu'il partage mes goûts pour les belles choses, car ses habits sont très riches et très recherchés, son cheval très fringant et de race; et, pour que tout fût complet et assorti, il avait derrière lui, monté sur un petit cheval, un page de quatorze à quinze ans, blond, rose, joli comme un séraphin, qui dormait à moitié, et était si fatigué de la course qu'il venait de faire que son maître a été obligé de l'enlever de sa selle et de l'emporter dans ses bras jusqu'à sa chambre.

Rosette lui a fait beaucoup d'accueil, et je pense qu'elle a formé le dessein de s'en servir pour éveiller ma jalousie et faire sortir ainsi le peu de flamme qui dort sous les cendres de ma passion éteinte.

## VI

En cet endroit, si le débonnaire lecteur veut bien nous le permettre, nous allons pour quelque temps abandonner à ses rêveries le digne personnage qui, jusqu'ici, a occupé la scène à lui tout seul et parlé pour son propre compte, et rentrer dans la forme ordinaire du roman, sans toutefois nous interdire de prendre par la suite la forme dramatique, s'il en est besoin, et en nous réservant le droit de puiser encore dans cette espèce de confession épistolaire que le susdit jeune homme adressait à son ami, persuadé que, si pénétrant et si plein de sagacité que nous soyons, nous devons assurément en savoir là-dessus moins long que lui-même.

Le petit page était tellement harassé qu'il dormait sur les bras de son maître et que sa petite tête toute déchevelée allait et venait comme s'il eût été mort. Il y avait assez loin du perron à la chambre que l'on avait désignée pour être celle du nouvel arrivant, et le domestique qui le précédait s'offrit à porter l'enfant à son tour; mais le jeune cavalier, pour qui, du reste, ce fardeau semblait n'être qu'une plume, le remercia et ne voulut pas s'en dessaisir: il le déposa sur le canapé tout doucement et en prenant mille précautions pour ne pas le réveiller; une mère n'eût pas mieux fait. Quand le domestique se fut retiré et que la porte fut fermée, il se mit à genoux devant lui et essaya de lui tirer ses bottines. Cette opération achevée, le maître prit les deux pieds de l'enfant, et les posa l'un à côté de l'autre sur le velours du sofa ; c'étaient bien les deux plus adorables pieds du monde, pas plus grands que cela, blancs comme de l'ivoire neuf et un peu rosés par la pression de la chaussure où ils étaient en prison depuis dix-sept heures, des pieds trop petits pour une femme, et qui semblaient n'avoir jamais marché ; ce qu'on voyait de la jambe était rond, potelé, poli, transparent et veiné, et de la plus exquise délicatesse – une jambe digne du pied.

Le jeune homme, toujours à genoux, contemplait ces deux petits pieds avec une attention amoureusement admirative.

C'était un tableau assurément fort gracieux. Le maître était beau comme une femme – le page beau comme une jeune fille. Cette tête ronde et rose, ainsi posée dans ses cheveux, avait l'air d'une pêche sous ses feuilles ; la bouche mi-ouverte laissait apercevoir de petites dents d'un blanc laiteux ; ses cheveux longs et soyeux tenaient à la fois de l'or et de l'argent ; deux ou trois boutons du justaucorps, défaits pour faciliter la respiration, permettaient d'entrevoir, par l'hiatus d'une chemise de fine toile de Hollande, un losange de chair potelée et rebondie d'une admirable blancheur, et le commencement d'une certaine ligne ronde difficile à expliquer sur la poitrine d'un jeune garçon ; en y regardant bien, on eût peut-être trouvé aussi que ses hanches étaient un peu trop développées. Le lecteur en pensera ce qu'il voudra ; ce sont de simples conjectures que nous lui proposons : nous n'en savons pas là-dessus plus que lui, mais nous espérons en apprendre davantage dans quelque temps, et nous lui promettons de le tenir fidèlement au courant de nos découvertes.

Le cavalier était pâle, mais d'une pâleur dorée, pleine de force et de vie.

Quels étaient les liens qui unissaient le maître au page et le page au maître ? Assurément il y avait entre eux plus que l'affection qui peut exister entre le maître et le domestique.

– Ce cher ange, comme il dort ! dit à voix basse le jeune homme. Vingt lieues à cheval, lui qui est si délicat ! Dors bien, cher trésor. Mais je crois qu'on a frappé...

En effet, on avait frappé deux petits coups aussi doucement que possible sur le panneau de la porte.

Une douce voix de femme dit sur un ton très bas :

– C'est moi, Théodore.

Théodore ouvrit. Le battant entrebâillé donna passage, devinez à qui ? à la maîtresse du perplexe d'Albert, à la princesse Rosette en personne.

– Théodore ! dit Rosette.

Théodore leva le doigt et le posa sur sa lèvre de manière à figurer la statue du silence, et, lui montrant l'enfant qui dormait, il la fit passer dans la pièce voisine.

– Théodore, reprit Rosette sans quitter la main que le jeune homme lui avait présentée pour la conduire à son fauteuil, vous nous êtes donc enfin revenu ? Qu'avez-vous fait tout ce temps ? Savez-vous qu'il y a six mois que je ne vous ai vu ?

THÉODORE. – Ce que j'ai fait ? J'ai été et je suis venu, j'ai dormi et j'ai veillé, j'ai chanté et j'ai pleuré, j'ai eu faim et soif, j'ai eu trop chaud et trop froid, je me suis ennuyé, j'ai de l'argent de moins et six mois de plus, j'ai vécu, voilà tout. Et vous, qu'avez-vous fait ?

ROSETTE. – Je vous ai aimé.

THÉODORE. – Vous n'avez fait que cela ?

ROSETTE. – Oui, absolument. J'ai mal employé mon temps, n'est-ce pas ?

THÉODORE. – Vous auriez pu l'employer mieux, ma pauvre Rosette ; par exemple, à aimer quelqu'un qui pût vous rendre votre amour. J'ai désiré bien souvent pouvoir vous aimer, du moins comme vous le voudriez ; mais il y a entre nous un obstacle insurmontable, et que je ne puis vous dire. Avez-vous eu un autre amant depuis que je vous ai quittée ?

ROSETTE. – J'en ai eu un que j'ai encore. Un poète.

THÉODORE. – Diable ! quel est ce poète, et qu'a-t-il fait ?

ROSETTE. – Je ne sais trop, une manière de volume que personne ne connaît, et que j'ai essayé de lire un soir. C'est un ami de C*** ; je l'ai rencontré chez Mme de Thémines.

THÉODORE. – Et peut-on savoir le nom de ce glorieux personnage ?

ROSETTE. – Oh ! mon Dieu, oui ! il se nomme le chevalier d'Albert !

THÉODORE. – Le chevalier d'Albert! il me semble que c'est un jeune homme qui était sur le balcon quand je suis descendu de cheval.

ROSETTE. – Précisément.

THÉODORE. – Et qui m'a regardé avec tant d'attention. Il est assez bien. Et il ne m'a pas fait oublier?

ROSETTE. – Non. Vous n'êtes pas malheureusement de ceux qu'on oublie.

THÉODORE. – Il vous aime fort sans doute?

ROSETTE. – Je ne sais trop. Il y a des moments où l'on croirait qu'il m'aime beaucoup; mais au fond il ne m'aime pas, et il n'est pas loin de me haïr, car il m'en veut de ce qu'il ne peut m'aimer. Il a fait comme plusieurs autres plus expérimentés que lui; il a pris un goût vif pour de la passion, et s'est trouvé tout surpris et tout désappointé quand son désir a été assouvi.

THÉODORE. – Et que comptez-vous faire de ce susdit amoureux qui ne l'est pas?

ROSETTE. – Ce qu on fait des anciens quartiers de lune ou des modes de l'an passé. Il n'est pas assez fort pour me quitter le premier, et, quoiqu'il ne m'aime pas dans le sens véritable du mot, il tient à moi par une habitude de plaisir, et ce sont celles-là qui sont les plus difficiles à rompre. Si je ne l'aide pas, il est capable de s'ennuyer consciencieusement avec moi jusqu'au jour du Jugement dernier, et même au-delà. De tous mes amants que je n'ai pas aimés, c'est celui que j'aime le plus; et, si je n'étais aussi bonne que je le suis, je ne lui rendrais pas sa liberté, et je le garderais encore. C'est ce que je ne ferai pas; j'achève en ce moment-ci de l'user.

THÉODORE. – Combien cela durera-t-il?

ROSETTE. – Quinze jours, trois semaines, mais à coup sûr moins que cela n'eût duré si vous n'étiez pas venu. Je sais que je ne serai jamais votre maîtresse. Il y a, dites-vous, pour cela une raison inconnue à laquelle je me rendrais s'il vous était permis de me la révéler. Ainsi donc toute espérance de ce côté me doit être interdite, et cependant je ne puis me résoudre à être la maîtresse d'un autre quand vous êtes là: il me semble que c'est une profanation, et que je n'ai plus le droit de vous aimer.

THÉODORE. – Gardez celui-ci pour l'amour de moi.

ROSETTE. – Si cela vous fait plaisir, je le ferai. Ah! si vous aviez pu être à moi, combien ma vie eût été différente de ce qu'elle a été! Le monde a une bien fausse idée de moi. Je n'ai jamais désiré que vous pour amant, et je ne vous ai pas eu. Si vous m'aviez aimée, ô Théodore! j'aurais été vertueuse et chaste, j'aurais été digne de vous: au lieu de cela, je laisserai (si quelqu'un se souvient de moi) la réputation d'une femme galante, d'une espèce de courtisane. J'étais née avec les plus hautes inclinations, mais rien ne déprave comme de ne pas être aimée. Étant sûre de ne jamais appartenir à celui que je préférais entre tous, je me suis laissée aller au courant, je n'ai pas pris la peine de défendre un corps qui ne pouvait être à vous. Pour mon cœur, personne ne l'a eu et ne l'aura jamais. Il est à vous, quoique vous l'ayez brisé. J'ai été si misérable d'être rebutée par vous que j'ai toujours été épouvantée à l'idée de faire subir un pareil supplice à quelqu'un. C'est le seul motif de bien des aventures qu'on a attribuées à un pur esprit de libertinage! Moi! du libertinage! Si vous saviez, Théodore, combien il est profondément douloureux de sentir qu'on a manqué sa vie, que l'on a passé à côté de son bonheur, de voir que tout le monde se méprend sur votre compte et qu'il est impossible de faire changer l'opinion qu'on a de vous, que vos plus belles qualités sont tournées en défaut, vos plus pures essences en noirs poisons, qu'il n'a transpiré de vous que ce que vous aviez de mauvais, vous ne savez pas cela, Théodore.

THÉODORE. – Je sais ce que vous valez, Rosette. Et que pense de vous ce jeune homme qui, aux yeux du monde, est aujourd'hui votre amant?

ROSETTE. – Il a commencé d'abord par où les autres finissent, il m'a méprisée. Il me méprisait, et je l'amusais; maintenant il m'estime, et je l'ennuie. Quelque chose l'attire et l'appelle invinciblement qui n'est pas de ce monde ni en ce monde, et il ne peut avoir de repos ni jour ni nuit; et, comme l'héliotrope dans une cave, il se tord pour se tourner vers le soleil qu'il ne voit pas. Il croit que je n'ai rien aperçu de tout cela, parce que je me suis prêtée à tous ses caprices sans avoir l'air d'en soupçonner le but. J'ai voulu, ne pouvant le guérir, et j'espère qu'il m'en sera un jour tenu compte devant Dieu, lui donner au moins ce bonheur de croire qu'il avait été passionnément aimé. J'ai joué mon rôle en comédienne consommée ; j'ai été enjouée et mélancolique, sensible et voluptueuse ; j'ai feint des inquiétudes et des jalousies ; j'ai versé de fausses larmes, et j'ai appelé sur mes lèvres des essaims de sourires composés. Quand le temps sera venu de briser en éclats cette creuse statue, je le ferai de manière à ce qu'il croie que tout le tort est de mon côté et à lui en épargner le remords. N'est-ce pas là une honorable tromperie ?

THÉODORE. – Qui fera donc pour vous ce que vous avez fait pour lui ?

ROSETTE. – Personne, hélas ! puisque vous ne le pouvez. Quel malheur pour moi de vous avoir connu ! et pourtant, si la chose était à refaire, je voudrais encore vous avoir connu. C'est déjà un bonheur que de pouvoir aimer même quand on est seul à aimer, et beaucoup meurent sans l'avoir eu, et souvent les plus à plaindre ne sont pas ceux qui aiment.

THÉODORE. – Ceux-là souffrent et sentent leurs plaies, mais du moins ils vivent. Ils tiennent à quelque chose ; ils ont un astre autour duquel ils gravitent, un pôle auquel ils tendent ardemment. Ils ont quelque chose à souhaiter. Les vrais, les seuls irréparablement malheureux sont ceux dont la folle étreinte embrasse l'univers entier, ceux qui veulent tout et ne veulent rien, et que l'ange ou la fée qui descendrait et leur dirait subitement : « Souhaitez une chose, et vous l'aurez », trouverait embarrassés et muets.

ROSETTE. – Si la fée venait, je sais bien ce que je lui demanderais.

THÉODORE. – Vous le savez, Rosette, et voilà en quoi vous êtes plus heureuse que moi, car je ne le sais pas. Il s'agite en moi beaucoup de désirs vagues qui se confondent ensemble, et en enfantent d'autres qui les dévorent ensuite. Ah ! si je pouvais savoir ce que je veux ; si l'idée qui me poursuit se dégageait nette et précise du brouillard qui l'entoure ; si la lueur que je dois suivre venait à rayonner dans la nuit ; si je savais où je vais, dussé-je n'aboutir qu'à un précipice !

ROSETTE. – Vous avez avec d'Albert beaucoup de points de ressemblance, et, quand vous parlez, il me semble quelquefois que ce soit lui qui parle. Je ne doute pas que, lorsque vous le connaîtrez plus, vous ne vous attachiez beaucoup à lui. Il est travaillé, comme vous, de ces élans sans but ; il aime immensément sans savoir quoi, il voudrait monter au ciel, car la terre lui paraît un escabeau bon à peine pour un de ses pieds, et il a plus d'orgueil que Lucifer avant sa chute.

THÉODORE. – J'avais d'abord eu peur que ce ne fût un de ces poètes comme il y en a tant, un de ces enfileurs de perles fausses qui ne voient au monde que la dernière syllabe des mots.

ROSETTE. – Il n'est point de ceux-là. Ses vers sont au-dessous de lui, et ne le contiennent pas. On prendrait, d'après ce qu'il a fait, une idée très fausse de sa personne ; son véritable poème, c'est lui, et je ne sais pas s'il en fera jamais d'autre. Mais voici qu'il est bientôt onze heures, mon cher Théodore, et je vous empêche de prendre un repos dont vous devez avoir besoin. Allons, adieu, ami.

Théodore lui mit le bras autour de la taille, et la conduisit ainsi jusqu'à la porte : là il s'arrêta, et la suivit longtemps de l'œil ; puis il passa sa main sur son front, rentra dans la chambre, et fut se coucher après avoir embrassé au front le page, qui dormait toujours.

## VII

Dès qu'il fit jour chez Rosette, d'Albert se fit annoncer avec un empressement qui ne lui était pas habituel.

– Vous voilà, fit Rosette, je dirais de bien bonne heure, si vous pouviez jamais arriver de bonne heure. Aussi, pour vous récompenser de votre galanterie, je vous octroie ma main à baiser.

Et elle tira de dessous le drap de toile de Flandre garni de dentelles la plus jolie petite main que l'on ait jamais vue.

D'Albert la baisa avec componction :

– Vous êtes la grâce même, et l'on vous devrait élever des temples de marbre blanc dans des bosquets de myrtes.

– Est-ce que vous êtes malade que vous êtes si galant ? Savez-vous que, lorsque quelqu'un change tout à coup de caractère, et sans raison apparente, cela est de mauvais augure ?

– M. le chevalier Théodore de Sérannes, dit une grosse tête de Nègre souriante et joufflue qui se fit voir entre les deux battants de la porte, demande à vous rendre ses hommages et vous supplie que vous daigniez le recevoir.

– Faites entrer M. le chevalier, dit Rosette en remontant le drap jusqu'à son menton.

Théodore fut tout d'abord au lit de Rosette, à laquelle il fit le salut le plus profond et le plus gracieux, et ensuite il se tourna vers d'Albert, qu'il salua d'un air libre et courtois.

La conversation flotta quelque temps de sujet en sujet, très spirituelle, très gaie et très vive, et c'est pourquoi nous n'en rendrons pas compte ; nous craindrions qu'elle ne perdît trop à être transcrite. L'air, le ton, le feu des paroles et des gestes, les mille manières de prononcer un mot, tout cet esprit, semblable à de la mousse de vin de Champagne qui pétille et s'évapore sur-le-champ, sont des choses qu'il est impossible de fixer et de reproduire.

Il ne serait peut-être pas hors de propos de chercher les motifs pour lesquels d'Albert s'était levé si matin, et quel aiguillon l'avait poussé à venir chez Rosette d'aussi bonne heure que s'il en eût encore été amoureux – il y a apparence que c'était un petit mouvement de jalousie sourde et inavouée. Assurément il ne tenait pas beaucoup à Rosette, et il eût même été fort aise d'en être débarrassé, mais au moins il voulait la quitter lui-même et ne pas en être quitté, chose qui blesse toujours profondément l'orgueil d'un homme, si bien éteinte d'ailleurs que soit sa première flamme. Théodore était si beau cavalier qu'il était difficile de le voir survenir dans une liaison sans appréhender ce qui en effet était déjà arrivé bien des fois, c'est-à-dire que tous les yeux ne se tournassent de son côté et que les cœurs ne suivissent les yeux ; et, chose singulière, quoiqu'il eût enlevé bien des femmes, aucun amant n'avait gardé ce long ressentiment que l'on a d'ordinaire pour les personnes qui vous ont supplanté. Il y avait dans toutes ses façons un charme si vainqueur, une grâce si naturelle, quelque chose de si doux et de si fier que les hommes mêmes y étaient sensibles.

D'Albert, qui était venu chez Rosette avec l'envie de parler fort sèchement à Théodore, s'il l'y rencontrait, fut tout surpris de ne pas se sentir en sa présence le moindre mouvement de colère. Au bout d'une demi-heure, vous eussiez dit deux amis d'enfance, et pourtant d'Albert était intimement convaincu que, si jamais Rosette devait aimer, ce serait cet homme, et il avait tout lieu d'être jaloux, pour l'avenir du moins, car pour le présent il ne supposait rien encore ; qu'eût-ce été, s'il avait vu la belle en peignoir blanc se glisser dans la chambre du beau jeune homme, et n'en sortir que trois ou quatre heures après avec des précautions mystérieuses ?

Rosette écoutait Théodore avec beaucoup d'attention et comme on écoute quelqu'un qu'on aime ; mais ce qu'il disait était si amusant et si varié que cette attention n'avait rien que de naturel et s'expliquait facilement. Aussi d'Albert n'en prit-il pas autrement d'ombrage. Le ton de Théodore envers Rosette était poli, amical, mais rien de plus.

– Que ferons-nous aujourd'hui, Théodore ? dit Rosette. Si nous allions nous promener en bateau ? ou si nous allions à la chasse ?

– Allons à la chasse, cela est moins mélancolique que de glisser sur l'eau côte à côte avec quelque cygne ennuyé, n'est-ce pas votre avis, d'Albert ?

– J'aimerais peut-être autant me laisser couler dans le batelet au fil de la rivière que de galoper éperdument à la poursuite d'une pauvre bête ; mais où que vous alliez, j'irai ; il ne s'agit maintenant que de laisser Mme Rosette se lever, et d'aller prendre un costume convenable.

Rosette fit un signe d'assentiment, et sonna pour qu'on la vînt lever. Les deux jeunes gens s'en allèrent bras dessus bras dessous.

Tout le monde fut bientôt prêt. D'Albert et Théodore étaient déjà à cheval dans la première cour, quand Rosette, en habit d'amazone, parut sur les premières marches du perron. Elle sauta sur la selle avec sa prestesse ordinaire, et donna un coup de houssine à son cheval qui partit comme un trait. D'Albert piqua des deux et l'eut bientôt rejointe. Théodore les laissa prendre quelque avance, étant sûr de les rattraper dès qu'il le voudrait. Il semblait attendre quelque chose, et se retournait souvent du côté du château.

– Théodore ! Théodore ! arrivez donc ! est-ce que vous êtes monté sur un cheval de bois ? lui cria Rosette.

Théodore fit prendre un temps de galop à sa bête et diminua la distance qui le séparait de Rosette, sans toutefois la faire disparaître.

Il regarda encore du côté du château, qu'on commençait à perdre de vue ; un petit tourbillon de poussière, dans lequel s'agitait très vivement quelque chose qu'on ne pouvait encore discerner, parut au bout du chemin. En quelques instants le tourbillon fut à côté de Théodore, et laissa voir la figure rose et fraîche du page mystérieux.

Théodore lâcha la bride à son cheval qui piaffait et se cabrait d'impatience, et en quelques secondes il eut dépassé de plusieurs têtes d'Albert et Rosette.

– Qui m'aime me suive, dit Théodore en sautant une barrière de quatre pieds de haut.

Le petit page leva sur lui ses grands yeux bleus d'un air de reproche, et rapprocha les deux talons du ventre de son cheval.

Le cheval fit un bon prodigieux.

Rosette jeta sur l'enfant un regard singulier ; puis, appliquant un furieux coup de cravache sur le cou de sa jument, elle franchit la traverse qui barrait l'allée.

L'enfant lui lança une œillade oblique et s'approcha de Théodore.

D'Albert était déja au milieu de l'allée, et ne vit rien de tout cela ; car, depuis un temps immémorial, les pères, les maris et les amants sont en possession du privilège de ne rien voir.

– Isnabel, dit Théodore, vous êtes un fou, et vous, Rosette, une folle ! Vous auriez pu vous tuer.

– Qu'importe ? répliqua Rosette avec un son de voix si triste et si mélancolique qu'Isnabel lui pardonna d'avoir aussi sauté la barrière.

On chemina encore quelque temps, et l'on arriva au rond-point où se devaient trouver la meute et les piqueurs. Six arches, coupées à travers l'épaisseur de la forêt, aboutissaient à une petite tour de pierre à six pans sur chacun desquels était gravé le nom de la route qui venait s'y terminer.

C'était une vraie forêt d'autrefois, avec de vieux chênes plus que séculaires. Une multitude de queues de chien pareilles à des croissants ou à des serpes s'arrondissaient en frétillant dans un nuage poussiéreux. On donna le signal, on découpla les chiens qui tendaient leur corde à s'étrangler, et la chasse commença. Le cerf courait comme un vrai cerf qu'il était, et une cinquantaine de chiens qu'il avait aux trousses n'étaient pas un médiocre éperon à sa vélocité naturelle. La course était si rapide qu'on n'entendait que quelques rares abois.

Théodore, comme le mieux monté et le meilleur écuyer, talonnait la meute avec une ardeur incroyable. D'Albert le suivait de près. Rosette et le petit page Isnabel suivaient, séparés par un intervalle qui s'augmentait de minute en minute.

Ils se lancèrent au galop dans une allée transversale assez étroite. Du côté d'Isnabel, un arbre entortillé et noueux avançait une grosse branche comme un bras et semblait montrer le poing aux chevaucheurs. L'enfant ne la vit pas.

– Prenez garde, cria Rosette, couchez-vous sur la selle ! vous allez être désarçonné.

L'avis était donné trop tard ; la branche frappa Isnabel au milieu du corps. La violence du coup lui fit perdre les étriers, et, son cheval continuant son galop, il se trouva enlevé de la selle et tomba rudement en arrière.

L'enfant resta évanoui sur le coup. Rosette, fort effrayée, se jeta à bas de sa bête et fut au page, qui ne donnait pas signe de vie.

Sa toque s'était détachée, et ses beaux cheveux blonds ruisselaient de toutes parts, éparpillés sur le sable. Rosette s'agenouilla auprès de lui et tâcha de le faire revenir. Rosette, pensant que ses habits le pouvaient gêner, déboucla sa ceinture, défit les boutons de son justaucorps et ouvrit sa chemise. Rosette vit alors quelque chose qui aurait été pour un homme la plus agréable des surprises du monde, mais qui ne parut pas, à beaucoup près, lui faire plaisir – c'est-à-dire une gorge ronde, polie, ivoirine.

– Une femme ! dit-elle. Une femme ! Ah ! Théodore !

Isnabel, car nous lui conservons ce nom, quoique ce ne soit pas le sien, commença à respirer un peu, et souleva languissamment ses longues paupières ; il n'était blessé en aucune sorte, mais seulement étourdi. Il se mit bientôt sur son séant, et, avec l'aide de Rosette, il put se dresser sur ses pieds et remonter sur son cheval qui s'était arrêté dès qu'il n'avait plus senti son cavalier.

Ils s'en furent à petits pas jusqu'à la mare, où ils, ou plutôt elles, retrouvèrent le reste de la chasse. Rosette raconta en peu de mots à Théodore ce qui venait de se passer. Celui-ci changea plusieurs fois de couleur pendant le récit de Rosette, et tout le reste de la route tint son cheval à côté de celui d'Isnabel.

On rentra au château de très bonne heure – cette journée, commencée si joyeusement, se termina d'une manière assez triste.

Rosette était rêveuse, et d'Albert semblait aussi plongé dans de profondes réflexions.

## VIII

Non, mon cher Silvio, non, je ne t'ai pas oublié; je ne suis pas de ceux qui marchent dans la vie sans jamais jeter un regard en arrière; ton amitié est une des places frappées du soleil qui se détachent le plus nettement à l'horizon déjà tout bleu de mes dernières années; souvent, du faîte où je suis, je me retourne pour la contempler avec un sentiment d'ineffable mélancolie.

Oh! quel beau temps c'était – que nous étions angéliquement purs!

Hélas! cela a peu duré, chez moi du moins, car toi, en acquérant la science de l'homme, tu as su garder la candeur de l'enfant. Le germe de corruption qui était en moi s'est développé bien vite, et la gangrène a dévoré impitoyablement tout ce que j'avais de pur et de sain. Il ne m'est resté de bon que mon amitié pour toi.

J'ai l'habitude de ne te rien cacher, ni actions ni pensées. J'ai mis à nu devant toi les plus secrètes fibres de mon cœur; si bizarres, si ridicules, si excentriques que soient les mouvements de mon âme, il faut que je te les décrive; mais, en vérité, ce que j'éprouve depuis quelque temps est d'une telle étrangeté que j'ose à peine en convenir devant moi-même. Je t'ai dit quelque part que j'avais peur, à force de chercher le beau et de m'agiter pour y parvenir, de tomber à la fin dans l'impossible ou dans le monstrueux. J'en suis presque arrivé là.

Tu sais avec quelle ardeur j'ai recherché la beauté physique, quelle importance j'attache à la forme extérieure, et de quel amour je me suis pris pour le monde visible : cela doit être, je suis trop corrompu et trop blasé pour croire à la beauté morale, et la poursuivre avec quelque suite. J'ai perdu complètement la science du bien et du mal. En vérité, rien ne me paraît louable ou blâmable, et les plus étranges actions ne m'étonnent que peu. Ma conscience est une sourde et muette.

Rien ne me touche, rien ne m'émeut. Il n'y a guère plus que les animaux pour qui j'aie un faible reste de pitié. Je laisserais bien rouer de coups un paysan ou un domestique, et je ne supporterais pas patiemment qu'on en fît autant d'un cheval ou d'un chien en ma présence ; et pourtant je ne suis pas méchant, je n'ai jamais fait de mal à qui que ce soit au monde, et n'en ferai probablement jamais ; mais cela tient plutôt à ma nonchalance et au mépris souverain que j'ai pour toutes les personnes qui me déplaisent, et qui ne me permet pas de m'en occuper, même pour leur nuire. J'abhorre tout le monde en masse, et, parmi tout ce tas, j'en juge à peine un ou deux dignes d'être haïs spécialement. Haïr quelqu'un, c'est s'en inquiéter autant que si on l'aimait ; c'est le distinguer, l'isoler de la foule ; c'est y penser le jour et y rêver la nuit ; c'est mordre son oreiller et grincer des dents en songeant qu'il existe ; que fait-on de plus pour quelqu'un qu'on aime? Les peines et les mouvements qu'on se donne pour perdre un ennemi, se les donnerait-on pour plaire à une maîtresse? J'en doute – pour haïr bien quelqu'un, il faut en aimer un autre. Toute grande haine sert de contrepoids à un grand amour: et qui pourrais-je haïr, moi qui n'aime rien?

Je n'aime rien, ai-je dit, hélas! j'ai peur maintenant d'aimer quelque chose. Il vaudrait cent mille fois mieux haïr que d'aimer comme cela! Le type de beauté que je rêvais depuis si longtemps, je l'ai rencontré. J'ai trouvé le corps de mon fantôme; je l'ai vu, il m'a parlé, je lui ai touché la main, il existe; ce n'est pas une chimère. Oui, Silvio, je suis à côté du rêve de ma vie; ma chambre est ici, la sienne est là; je vois trembler d'ici le rideau de sa fenêtre et la lumière de sa lampe. Son ombre vient de passer sur le rideau: dans une heure nous allons souper ensemble.

Ta lettre m'a fait mal – bien mal. Tout ce bonheur calme et pur dont tu jouis, ces longues causeries, si tendres et si intimes, qui se terminent par un chaste baiser sur le front, me font encore trouver plus tempétueuses les agitations intérieures où je vis. Ainsi donc vous devez vous marier dans deux mois; vous êtes sûrs maintenant de vous appartenir à tout jamais. Vous êtes heureux, et vous avez la certitude d'être plus heureux bientôt. Quel sort que le vôtre! Ton amie est belle, mais ce que tu as aimé en elle, ce n'est pas la beauté morte et palpable, la beauté matérielle, c'est la beauté invisible et éternelle, la beauté qui ne vieillit point, la beauté de l'âme. Tu n'as pas cherché si l'or de ses cheveux se rapprochait pour le ton des chevelures de Rubens et de Giorgione, mais ils t'ont plu, parce que c'étaient ses cheveux. Ô Silvio ! combien sont rares les cœurs qui se contentent de l'amour pur et simple !

Je voulais aimer. J'allais comme un forcené appelant et invoquant l'amour ; je me tordais de rage sous le sentiment de mon impuissance. Toutes ces années que j'ai perdues à m'agiter puérilement, à courir çà et là, à vouloir forcer la nature et le temps, j'aurais dû les passer dans la solitude et la méditation, à tâcher de me rendre digne d'être aimé ; mais j'avais des écailles sur les yeux et je marchais droit au précipice. J'ai déjà un pied suspendu sur le vide, et le crois que je m'en vais bientôt lever l'autre.

Oui, c'est bien ainsi que je m'étais figuré l'amour. Oui, voilà bien les insomnies charmantes et terribles ; voilà bien ces bourdonnements d'oreille où tinte toujours la dernière syllabe du nom bien-aimé, ces pâleurs, ces rougeurs, ces frémissements subits, cette sueur brûlante et glacée : c'est bien cela ; les poètes ne mentent pas.

Quand je suis au moment d'entrer au salon où nous avons l'habitude de nous trouver, mon cœur bat avec une telle violence qu'on le pourrait voir à travers mes habits, et je suis obligé de le comprimer avec mes deux mains, de peur qu'il ne s'échappe. Je lis, son image s'interpose entre le livre et mes yeux ; je monte à cheval, je cours au grand galop, et je crois toujours sentir dans le tourbillon ses longs cheveux qui se mêlent aux miens. Cette image m'obsède et me suit partout, et je ne la vois jamais plus que lorsque je ne la vois pas.

Tu m'as plaint de ne pas aimer, plains-moi maintenant d'aimer, et surtout d'aimer qui j'aime. Quel malheur, quel coup de hache sur ma vie déjà si tronçonnée ! quelle passion insensée, coupable et odieuse s'est emparée de moi ! C'est une honte dont la rougeur ne s'éteindra jamais sur mon front. C'est la plus déplorable de toutes mes aberrations, je n'y conçois rien, je n'y comprends rien, tout en moi est brouillé et renversé ; je ne sais plus qui je suis ni ce que sont les autres, je doute si je suis un homme ou une femme, j'ai horreur de moi-même, j'éprouve des mouvements singuliers et inexplicables, et il y a des moments où il me semble que ma raison s'en va, et où le sentiment de mon existence m'abandonne tout à fait. Longtemps je n'ai pu croire à ce qui était ; je me suis écouté et observé attentivement. J'ai tâché de démêler cet écheveau confus qui s'enchevêtrait dans mon âme. Enfin, à travers tous les voiles dont elle s'enveloppait, j'ai découvert l'affreuse vérité... Silvio, j'aime... Oh ! non, je ne pourrai jamais te le dire... j'aime un homme !

## IX

Cela est ainsi. J'aime un homme, Silvio. J'ai cherché longtemps à me faire illusion ; j'ai donné un nom différent au sentiment que j'éprouvais, je l'ai vêtu de l'habit d'une amitié pure et désintéressée ; j'ai cru que cela n'était que l'admiration que j'ai pour toutes les belles personnes et les belles choses ; je me suis promené plusieurs jours dans les sentiers perfides et riants qui errent autour de toute passion naissante ; mais je reconnais maintenant dans quelle profonde et terrible voie je me suis engagé. Il n'y a pas à se le cacher : je me suis bien examiné ; j'ai fouillé mon âme dans tous les sens avec cette sûreté que donne l'habitude d'étudier sur soi-même ; je rougis d'y penser et de l'écrire ; mais la chose, hélas ! n'est que trop certaine, j'aime ce jeune homme, non d'amitié, mais d'amour – oui, d'amour.

Toi que j'ai tant aimé, ô Silvio, mon bon, mon seul camarade, tu ne m'as jamais rien fait éprouver de semblable, et cependant, s'il y eut jamais sous le ciel amitié étroite et vive, si jamais deux âmes se sont parfaitement comprises, ce fut notre amitié et ce sont nos deux âmes.

Ce que je sens pour ce jeune homme est vraiment incroyable : jamais aucune femme ne m'a troublé aussi singulièrement.

Ce matin, je l'ai regardé très longtemps sans qu'il me vît. J'étais caché derrière mon rideau. Lui était à sa fenêtre, qui est précisément en face de la mienne. Théodore – car tu as déjà sans doute deviné que c'est lui dont il s'agit – était accoudé mélancoliquement sur la rampe et paraissait rêver profondément. Une draperie de damas rouge à grandes fleurs, à demi relevée, tombait à larges plis derrière lui et lui servait de fond. Qu'il était beau, et que sa tête brune et pâle ressortait merveilleusement sur cette teinte pourpre !

Avec ces longs cheveux que la brise remuait doucement, ce cou de marbre découvert, ces belles mains sortant de leurs manchettes comme les pistils d'une fleur du milieu de leurs pétales, il avait l'air non du plus beau des hommes, mais de la plus belle des femmes – et je me disais dans mon cœur : « C'est une femme, oh ! c'est une femme ! »

Il faut que Théodore soit une femme déguisée ; la chose est impossible autrement. C'est une femme, parbleu, et je suis bien fou de m'être ainsi tourmenté. De la sorte tout s'explique le plus naturellement du monde, et je ne suis pas aussi monstre que je le croyais.

Est-ce que Dieu mettrait ainsi des franges de soie si longues et si brunes à de sales paupières d'homme ? Est-ce qu'Il teindrait de ce carmin si vif et si tendre nos vilaines bouches lippues et hérissées de poils ?

Ô beauté ! nous ne sommes créés que pour t'aimer et t'adorer à genoux si nous t'avons trouvée, pour te chercher éternellement à travers le monde si ce bonheur ne nous a pas été donné ; mais te posséder, mais être nous-mêmes toi, cela n'est possible qu'aux anges et aux femmes.

Ces amours étranges dont sont pleines les élégies des poètes anciens, qui nous surprenaient tant et que nous ne pouvions concevoir, sont donc vraisemblables et possibles. Dans les traductions que nous en faisions, nous mettions des noms de femmes à la place de ceux qui y étaient. Les beaux garçons devenaient de belles filles, nous recomposions ainsi le sérail monstrueux de Catulle, de Tibulle, de Martial et du doux Virgile. C'était une fort galante occupation qui prouvait seulement combien peu nous avions compris le génie antique.

Je suis un homme des temps homériques ; le monde où je vis n'est pas le mien, et je ne comprends rien à la société qui m'entoure. J'ai pour les femmes le regard d'un sculpteur et non celui d'un amant. Je me suis toute ma vie inquiété de la forme du flacon, jamais de la qualité du contenu.

Je considère la femme, à la manière antique, comme une belle esclave destinée à nos plaisirs. Le christianisme ne l'a pas réhabilitée à mes yeux. C'est toujours pour moi quelque chose de dissemblable et d'inférieur que l'on adore et dont on joue, un hochet plus intelligent que s'il était d'ivoire ou d'or, et qui se relève lui-même si on le laisse tomber à terre. On m'a dit, à cause de cela, que je pensais mal des femmes ; je trouve, au contraire, que c'est en penser fort bien.

Je ne sais pas, en vérité, pourquoi les femmes

tiennent tant à être regardées comme des hommes. Je conçois que l'on ait envie d'être serpent boa, lion ou éléphant ; mais que l'on ait envie d'être homme, c'est ce qui me passe tout à fait.

On m'a accusé souvent d'être fourbe et dissimulé. Personne au monde n'aimerait autant que moi à parler franchement et à vider son cœur ! mais, comme je n'ai pas une idée et un sentiment pareils à ceux des gens qui m'entourent, comme, au premier mot vrai que je lâcherais, ce serait un tollé général, j'ai préféré garder le silence. Je serais bienvenu, si je disais aux dames ce que je viens de t'écrire ! Je ne pense pas qu'elles goûteraient beaucoup ma manière de voir et mes façons d'envisager l'amour. Pour les hommes, je ne peux pas non plus leur dire en face qu'ils ont tort de ne pas aller à quatre pattes ; et, en vérité, c'est ce que je pense de plus favorable à leur égard. Qu'importe, au bout du compte, ce que je pense ou ce que je ne pense pas ; que je sois triste lorsque je semble gai, joyeux quand j'ai l'air mélancolique ? On ne trouve pas à redire à ce que je n'aille pas nu : ne puis-je habiller ma figure comme mon corps ? Pourquoi un masque serait-il plus répréhensible qu'une culotte, et un mensonge qu'un corset ?

Hélas ! la Terre tourne autour du Soleil, rôtie d'un côté et gelée de l'autre. Il y a une bataille où six cent mille hommes se déchiquettent ; il fait le plus beau temps du monde. Aujourd'hui il s'est commis un nombre fabuleux de bonnes actions ; il pleut à verse, neige et tonnerre, éclairs et grêles ; on dirait que le monde va finir. La création se moque impitoyablement de la créature et lui décoche à toute minute des sarcasmes sanglants. Tout est indifférent à tout, et chaque chose vit ou végète par sa propre loi. Que je fasse ceci ou cela, que je vive ou que je meure, que je souffre ou que je jouisse, que je dissimule ou que je sois franc, qu'est-ce que cela fait au soleil et aux betteraves et même aux hommes ? Un fétu de paille est tombé sur une fourmi et lui a cassé la troisième patte à la deuxième articulation ; un rocher est tombé sur un village et l'a écrasé : je ne crois pas que l'un de ces malheurs arrache plus de larmes que l'autre aux yeux d'or des étoiles. Tu es mon meilleur ami, si ce mot-là n'est pas aussi creux qu'un grelot ; je mourrais, il est bien évident, si éploré que tu sois, que tu ne te passeras pas de dîner seulement deux jours. Quel est celui de mes amis, quelle est celle de mes maîtresses qui saura mes nom et prénoms dans vingt ans d'ici, et qui me reconnaîtrait dans la rue, si je venais à y passer avec un habit percé au coude ? Oubli et néant, c'est tout l'homme.

Je me sens aussi parfaitement seul que possible, et tous les fils qui allaient de moi aux choses et des choses à moi se sont rompus un à un. Il y a peu d'exemples d'un homme qui, ayant conservé l'intelligence des mouvements qui se font en lui, soit parvenu à un degré d'abrutissement pareil. Je ressemble à ces flacons de liqueurs qu'on a laissés débouchés et dont l'esprit s'est évaporé complètement. Le breuvage a la même apparence et la même couleur ; goûtez-le, vous n'y trouverez que l'insipidité de l'eau.

Quand j'y songe, je suis effrayé de la rapidité de cette décomposition. Il y a un an, pas plus, j'avais encore quelque chose d'humain ; je m'agitais, je cherchais. J'avais une pensée caressée entre toutes, une espèce de but, un idéal ; je voulais être aimé, je faisais les rêves que l'on fait à cet âge. Je ne souhaite plus ni l'amour ni l'amitié de personne ; la gloire même, cette auréole éclatante que j'avais tant désirée pour mon front, ne me fait plus la moindre envie. Il n'y a plus, hélas ! qu'une chose qui palpite en moi, c'est l'horrible désir qui me porte vers Théodore.

Quelquefois je cherche à me persuader que cet amour est abominable, et je me le dis à moi-même le plus sévèrement possible ; mais cela ne vient que des lèvres, c'est un raisonnement que je me fais et que je ne sens pas : il me semble réellement que c'est la chose la plus simple du monde et que tout autre à ma place en ferait autant.

Je le vois, je l'écoute parler ou chanter, car il chante admirablement, et j'y prends un indicible plaisir. Il me fait tellement l'effet d'une femme qu'un jour, dans la chaleur de la conversation, il m'est échappé de l'appeler madame, ce qui l'a fait rire d'un rire assez forcé, à ce qu'il m'a paru.

Si c'était une femme cependant, quels seraient ses motifs pour se travestir ainsi ? Je ne puis me les expliquer d'aucune manière. Qu'un cavalier très jeune, très beau et parfaitement imberbe se déguise en femme, cela se conçoit ; il s'ouvre ainsi mille portes qui lui seraient restées obstinément fermées, et le quiproquo peut le jeter dans une complication d'aventures tout à fait dédalienne et réjouissante. On peut arriver de cette façon jusqu'à une femme étroitement gardée, ou brusquer quelque bonne fortune à la faveur de la surprise. Mais je ne sais trop les avantages qu'il y a pour une belle et jeune femme à courir le pays en habits d'homme : elle ne peut qu'y perdre. Une femme ne doit pas renoncer ainsi au plaisir d'être courtisée, madrigalisée et adorée ; elle renoncerait plutôt à la vie, et elle aurait raison, car qu'est-ce que la vie d'une femme sans tout cela ? Rien, ou quelque chose de pis que la mort.

Malgré tout cela, quelque chose de plus fort que tous les raisonnements me crie que c'est une femme, et que c'est elle que j'ai rêvée, elle que je dois aimer uniquement, et qui m'aimera uniquement – oui, c'est elle, la déesse aux regards d'aigle, aux belles mains royales, qui me souriait avec condescendance du haut de son trône de nuées. Elle s'est présentée à moi sous ce déguisement pour m'éprouver, pour voir si je la reconnaîtrais, si mon regard amoureux pénétrerait les voiles dont elle s'était enveloppée, comme dans ces contes merveilleux où les fées apparaissent d'abord sous des figures de mendiantes, puis se relèvent tout à coup, resplendissantes d'or et de pierreries.

Je t'ai reconnue, ô mon amour ! Ah ! je vis maintenant ; jusqu'à présent je n'avais été qu'un mort : me voilà débarrassé du linceul, et je tends hors de la fosse mes deux maigres mains vers le soleil ; ma couleur bleue de spectre m'a quitté. Mon sang circule rapidement dans mes veines. L'amour est descendu au fond du caveau où transissait mon âme accroupie et somnolente ; il l'a prise par le bout de la main et lui a fait monter l'escalier raide et étroit qui menait au-dehors.

Une autre vie est devenue la mienne. Je respire par la poitrine d'un autre, et le coup qui le blesserait me tuerait. Avant cet heureux jour, j'étais le spectateur de moi-même, le parterre de la comédie que je jouais ; je me regardais vivre, et j'écoutais les oscillations de mon cœur comme le battement d'une pendule. Voilà tout. Rien du monde extérieur n'arrivait jusqu'à mon âme. L'existence de qui que ce soit ne m'était nécessaire ; je doutais même de toute autre existence que de la mienne, dont encore je n'étais guère sûr. Il me semble que j'étais seul au milieu de l'univers, et que tout le reste n'était que fumées, images, vaines illusions, apparences fugitives destinées à peupler ce néant. Quelle différence !

Et pourtant, si mon pressentiment me trompait, si Théodore était réellement un homme, ainsi que tout le monde le croit ! On a vu quelquefois de ces merveilleuses beautés ; la grande jeunesse prête à cette illusion. C'est une chose à laquelle je ne veux pas penser et qui me rendrait fou. Si je venais à savoir avec certitude que Théodore n'est pas une femme, hélas ! je ne sais point si je ne l'aimerais pas encore.

# X

Ma belle amie, tu avais bien raison de me détourner du projet que j'avais conçu de voir les hommes – et de les étudier à fond, avant de donner mon cœur à aucun d'eux. J'ai à tout jamais éteint en moi l'amour et jusqu'à la possibilité de l'amour.

Pauvres jeunes filles que nous sommes ; élevées avec tant de soin, si virginalement entourées d'un triple mur de précautions et de réticences, nous, à qui on ne laisse rien entendre, rien soupçonner, et dont la principale science est de ne rien savoir, dans quelles étranges erreurs nous vivons !

Ah ! Graciosa, trois fois maudite soit la minute où m'est venue l'idée de ce travestissement ; que d'horreurs, que d'infamies et que de grossièretés dont j'ai été forcée d'être témoin ou auditeur !

C'était par un beau clair de lune, t'en souviens-tu ? nous nous promenions ensemble tout au fond du jardin. Comme de vraies jeunes filles, nous causions d'amour, de galants, de mariage, du beau cavalier que nous avions vu à la messe ; nous mettions en commun le peu de notions du monde et des choses que nous pouvions avoir. Que d'adorables sottises dans ces furtifs entretiens de deux petites niaises sorties la veille de pension !

Toi, tu voulais pour amant un jeune homme

hardi et fier, avec des moustaches et des cheveux noirs, de grands éperons, de grandes plumes, une grande épée, une espèce de matamore amoureux, et tu donnais en plein dans l'héroïque et le triomphant : cela était fort comique de voir une petite fille comme tu l'étais alors, toute blonde, toute rougissante, ployant au moindre souffle, vous débiter ces généreuses tirades d'une seule haleine et de l'air le plus martial du monde.

Moi, quoique je n'eusse que six mois de plus que toi, j'étais de six ans moins romanesque : une chose m'inquiétait principalement, c'était de savoir ce que les hommes se disaient entre eux et ce qu'ils faisaient lorsqu'ils étaient sortis des salons et des théâtres : je pressentais dans leur vie beaucoup de côtés défectueux et obscurs, soigneusement voilés à nos regards ; quelquefois, cachée derrière un rideau, j'épiais de loin les cavaliers qui venaient à la maison, et il me semblait alors démêler dans leur allure quelque chose d'ignoble et de cynique, une insouciance grossière ou une préoccupation farouche que je ne leur retrouvais plus dès qu'ils étaient entrés.

Tous, les jeunes comme les vieux, me paraissaient avoir adopté uniformément un masque de convention, des sentiments de convention et un parler de convention lorsqu'ils étaient devant les femmes.

Je m'étais aussi aperçue d'une notable différence dans la manière dont on parlait aux femmes mariées ; ce n'étaient plus les phrases discrètes et polies, enjolivées puérilement comme on en adressait à moi ou à mes compagnes, c'était un enjouement plus libre, des façons moins sobres et plus dégagées.

Avec quelle anxiété et quelle furie curieuse je suivais de l'œil et de l'oreille les groupes bourdonnants et rieurs de jeunes gens qui, après s'être abattus sur quelques points du cercle, reprenaient leur promenade tout en causant et en jetant au passage des œillades ambiguës. Sur leurs bouches dédaigneusement bouffies voltigeaient des ricanements incrédules ; ils avaient l'air de se moquer de ce qu'ils venaient de dire, et de rétracter les compliments et les adorations dont ils nous avaient comblées. Ceux mêmes qui avaient l'air le plus humble et le plus soumis redressaient la tête avec une nuance très sensible de révolte et d'ennui ; un soupir d'essoufflement, pareil au soupir d'un acteur qui est arrivé au bout d'un long couplet, s'échappait malgré eux de leur poitrine, et ils faisaient en nous quittant un demi-tour sur les talons d'une manière vive et pressée qui dénonçait une espèce de satisfaction intérieure d'être délivrés de la rude corvée d'être honnêtes et galants.

J'aurais donné un an de ma vie pour entendre, sans être vue, une heure de leur conversation. Souvent je comprenais, à de certaines attitudes, à quelques gestes détournés, à des coups d'œil lancés obliquement, qu'il était question de moi et que l'on parlait ou de mon âge ou de ma figure. Alors j'étais sur des charbons ardents ; les quelques mots étouffés, les demi-lambeaux de phrase qui m'arrivaient par intervalles irritaient au plus haut point ma curiosité sans pouvoir la satisfaire, et j'entrais dans des doutes et des perplexités étranges.

Le plus souvent ce qu'on disait avait une apparence favorable, et ce n'était pas ce qui m'inquiétait : je me souciais assez peu que l'on me trouvât belle ; mais les menues observations coulées dans le tuyau de l'oreille et presque toujours suivies de longs ricanements et de singuliers clignements d'yeux – voilà ce que j'aurais voulu savoir.

Si j'avais eu un amant, j'aurais beaucoup aimé connaître la manière dont il eût parlé de moi à un autre homme, et en quels termes il se serait vanté de sa bonne fortune à ses camarades d'orgie.

Je le sais maintenant, et en vérité je suis fâchée de le savoir. C'est toujours ainsi.

Mon idée était folle, mais ce qui est fait est fait, et l'on ne peut désapprendre ce qu'on a appris. Je ne t'ai pas écoutée, ma chère Graciosa, je m'en repens ; mais on n'écoute pas toujours la raison.

Tout cela me tourmentait trop, et je n'y pouvais tenir, je grillais dans ma petite peau comme une châtaigne sur la poêle.

La mort de mon oncle, le seul parent qui me restât, me laissant libre de mes actions, j'exécutai ce que je rêvais depuis si longtemps. Mes précautions étaient prises avec le plus grand soin pour que nul ne se doutât de mon sexe : j'avais appris à tirer l'épée et le pistolet ; je montais parfaitement à cheval et avec une hardiesse dont peu d'écuyers eussent été capables ; j'étudiai bien la manière de porter le manteau et de faire siffler la cravache, et, en quelques mois, je parvins à faire d'une fille qu'on trouvait assez jolie un cavalier beaucoup plus joli, et à qui il ne manquait guère que la moustache. Je réalisai ce que j'avais de bien, et je sortis de la ville, décidée à n'y revenir qu'avec l'expérience la plus complète.

C'était le seul moyen d'éclaircir mes doutes : avoir des amants ne m'aurait rien appris, ou du moins cela ne m'eût donné que des lueurs incomplètes, et je voulais étudier l'homme à fond, l'anatomiser fibre par fibre avec un scalpel inexorable et le tenir tout vif et tout palpitant sur ma table de dissection ; pour cela il fallait le voir seul à seul chez lui, en déshabillé, le suivre à la promenade, à la taverne et ailleurs. Avec mon déguisement, je pouvais aller partout sans être remarquée ; on ne se cachait pas devant moi, on jetait de côté toute réserve et toute contrainte, je recevais des confidences et j'en faisais de fausses pour en provoquer de vraies.

C'est une chose effrayante à penser et à laquelle on ne pense pas, combien nous ignorons profondément la vie et la conduite de ceux qui paraissent nous aimer et que nous épouserons. Leur existence réelle nous est aussi parfaitement inconnue que s'ils étaient des habitants de Saturne ou de quelque autre planète : on dirait qu'ils sont d'une autre espèce, et il n'y a pas le moindre lien intellectuel entre les deux sexes ; les vertus de l'un font les vices de l'autre, et ce qui fait admirer l'homme fait honnir la femme.

Nous autres, notre vie est claire et se peut pénétrer d'un regard. Il est facile de nous suivre de la maison au pensionnat, du pensionnat à la maison ; ce que nous faisons n'est un mystère pour personne.

Celui qui nous prend sait ce que nous avons fait à partir de la minute où nous avons été sevrées et même avant, s'il veut pousser ses recherches jusque-là. Notre vie n'est pas une vie, c'est une espèce de végétation comme celle de la mousse et des fleurs. Notre affaire principale, c'est de nous tenir bien droites, l'œil convenablement baissé, et de surpasser en immobilité et en raideur les mannequins et les poupées à ressorts.

Il nous est défendu de prendre la parole, de nous mêler à la conversation autrement que pour répondre oui et non, si l'on nous interroge. Aussitôt que l'on veut dire quelque chose d'intéressant, l'on nous renvoie étudier notre harpe ou notre clavecin, et nos maîtres de musique ont tous soixante ans pour le moins et prennent horriblement de tabac.

À force de vouloir nous empêcher d'être romanesques, l'on nous rend idiotes. Le temps de notre éducation se passe non pas à nous apprendre quelque chose, mais à nous empêcher d'apprendre quelque chose.

Nous sommes réellement prisonnières de corps et d'esprit ; mais un jeune homme, libre de ses actions, qui sort le matin pour ne rentrer que le matin, qui a de l'argent, qui peut en gagner et en disposer comme il lui plaît, comment pourrait-il justifier l'emploi de son temps ? Quel est l'homme qui voudrait dire à la personne aimée ce qu'il a fait pendant sa journée et pendant sa nuit ?

J'avais envoyé mon cheval et mes vêtements à une petite métairie que j'ai à quelque distance de la ville. Je m'habillai, je montai en selle et je partis, non sans un singulier serrement de cœur. Je ne regrettai rien, je ne laissai rien en arrière, ni parents, ni amis, pas un chien, pas un chat, et cependant j'étais triste, j'avais presque les larmes aux yeux; cette ferme où je n'avais été que cinq ou six fois n'avait pour moi rien de particulier et de cher, mais je me retournai deux ou trois fois pour voir encore de loin monter entre les arbres sa vrille de fumée bleuâtre.

C'était là où, avec mes robes et mes jupes, j'avais laissé mon titre de femme; dans la chambre où j'avais fait ma toilette étaient serrées vingt années de ma vie qui ne devaient plus compter et qui ne me regardaient plus. Sur la porte on eût pu écrire: « *Ci-gît Madeleine de Maupin* »; car en effet je n'étais plus Madeleine de Maupin, mais bien Théodore de Sérannes, et personne ne devait plus m'appeler de ce doux nom de Madeleine. J'étais un homme, ou du moins j'en avais l'apparence: la jeune fille était morte.

Quand j'eus totalement perdu de vue la cime des châtaigniers qui entourent la métairie, il me sembla que je n'étais plus moi, mais un autre.

Je continuai ma route. La petite couleuvre bleue de la curiosité me sifflait tout doucement des paroles insidieuses, et me disait: « Marche, marche, Théodore; l'occasion est bonne pour t'instruire; si tu n'apprends pas aujourd'hui, tu ne sauras jamais. Les hommes nous cachent des secrets bien extraordinaires, Théodore! »

J'éprouvai un certain malaise et comme un frisson de peur, pour nommer la chose par son nom, à un endroit sombre de la forêt ; un coup de fusil tiré par un braconnier manqua me faire évanouir. Mais peu à peu je m'aguerris, et je n'y fis plus attention.

Le soleil descendait lentement sous l'horizon comme le lustre d'un théâtre qu'on abaisse quand la représentation est finie. Les ombres s'allongeaient, et tous les lointains se nuançaient de rougeurs. L'obscurité devint complète. Moi, qui n'étais jamais sortie seule de nuit, me trouver à huit heures du soir dans une grande forêt ! Conçois-tu cela, ma Graciosa, moi qui me mourais déjà de peur au bout du jardin ? L'effroi me reprit de plus belle, et le cœur me battit terriblement ; ce fut, je t'avoue, avec une grande satisfaction que je vis poindre et scintiller au revers d'un coteau les lumières de la ville où j'allais.

Mon cheval n'était pas moins content que moi, et humant un doux parfum d'écurie, il courut tout droit à l'hôtel du Lion-Rouge.

Je remis mon cheval aux mains d'un palefrenier, et j'entrai dans la cuisine.

L'hôtelier s'approcha pour me demander ce que je voulais à souper.

C'était un homme pansu, avec un nez rouge, des yeux vairons et un sourire qui lui faisait le tour de la tête. À chaque mot qu'il disait, il montrait une double rangée de dents pointues et séparées comme celles des ogres. Le grand couteau de cuisine qui pendait à son côté avait un air douteux et semblait pouvoir servir à plusieurs usages.

Une ou deux grosses servantes s'agitaient autour d'une grande table, et remuaient de la vaisselle et des fourchettes, plus agréable musique que toute autre quand on a faim, car l'ouïe du ventre devient alors plus fine que celle de l'oreille. Somme toute, en dépit de la bouche de tirelire et des dents de scie de l'hôtelier, l'auberge avait une mine assez honnête et réjouissante.

Une idée me vint qui me fit sourire, c'est que personne au monde ne serait venu me chercher où j'étais. En effet, qui eût pensé que la petite Madeleine, au lieu d'être couchée dans son lit bien chaud, avec sa veilleuse d'albâtre à côté d'elle, un roman sous son oreiller, sa femme de chambre dans le cabinet voisin, prête à accourir à la moindre terreur nocturne, se balançait sur une chaise de paille, dans une auberge de campagne, à vingt lieues de sa maison, ses pieds bottés posés sur les chenets, et ses petites mains crânement enfoncées dans ses goussets ?

Oui, Madelinette n'est pas restée, comme ses compagnes, le coude paresseusement appuyé au bord du balcon, entre le volubilis et les jasmins de la fenêtre. Elle n'a pas, comme vous, les belles rêveuses, habillé quelque fantôme creux de toutes les perfections imaginables : elle a voulu connaître les hommes avant de se donner à un homme.

Si l'on savait cela, l'on dirait que Madeleine est folle. Tu l'as dit toi-même, ma chère Graciosa ; mais les véritables folles sont celles qui jettent leur âme au vent, et sèment leur amour au hasard sur la pierre et le rocher, sans savoir si un seul épi germera.

Ô Graciosa ! c'est une pensée que je n'ai jamais eue sans terreur : avoir aimé quelqu'un qui n'en était pas digne ! avoir montré son âme toute nue à des yeux impurs, et laissé pénétrer un profane dans le sanctuaire de son cœur ! Si parfaitement que l'on se soit séparé, il reste toujours quelque chose de ce limon, et le ruisseau ne peut reprendre sa transparence première.

Penser qu'un homme vous a embrassée et touchée ; qu'il a vu votre corps ; qu'il peut dire : « Elle est comme ceci ou comme cela ; elle a tel signe à tel endroit ; elle a telle nuance dans l'âme ; elle rit pour cette chose et pleure pour celle-ci ; et voici son mot de tendresse habituel » !

Ah ! Cléopâtre, je comprends maintenant pourquoi tu faisais tuer, le matin, l'amant avec qui tu avais passé la nuit. Grande voluptueuse, comme tu connaissais la nature humaine, et qu'il y a de profondeur dans cette barbarie ! Tu ne voulais pas que nul vivant pût divulguer les mystères de ta couche ; ces mots d'amour, envolés de tes lèvres ne devaient pas être répétés. Tu gardais ainsi ta pure illusion. L'expérience ne venait pas dépouiller pièce à pièce ce fantôme charmant que tu avais bercé entre tes bras. Tu aimais mieux être séparée de lui par un brusque coup de hache que par un lent dégoût.

Quel supplice, en effet, de voir l'homme que l'on avait choisi mentir à chaque minute à l'idée qu'on s'était faite de lui ; de découvrir dans son caractère mille petitesses qu'on n'y soupçonnait pas ; de s'apercevoir que ce qui vous avait paru si beau à travers le prisme de l'amour est réellement fort laid, et que ce qu'on avait pris pour un vrai héros de roman n'est, au bout du compte, qu'un bourgeois prosaïque qui met des pantoufles et une robe de chambre!

Je n'ai pas le pouvoir de Cléopâtre, et, si je le possédais, je n'aurais pas assurément la force de m'en servir. Aussi, ne pouvant ni ne voulant faire couper la tête à mes amants au sortir de mon lit, et n'étant pas non plus d'humeur à supporter ce que les autres femmes supportent, il faut que j'y regarde à deux fois avant d'en prendre un.

Plusieurs cavaliers entrèrent dans l'auberge. Ils étaient tous jeunes, et le plus âgé n'avait assurément pas plus de trente ans: leurs vêtements annonçaient qu'ils appartenaient à la classe supérieure, et, à défaut de leurs vêtements, la facilité insolente de leurs manières l'eût fait assez comprendre Il y en avait un ou deux qui avaient des figures intéressantes; les autres avaient tous, à un degré plus ou moins fort, cette espèce de jovialité brutale et d'insouciante bonhomie que les hommes ont entre eux, et dont ils se dépouillent complètement lorsqu'ils sont en notre présence.

S'ils avaient pu se douter que ce jeune homme frêle et à moitié endormi sur sa chaise, à l'angle de la cheminée, n'était rien moins que ce qu'il paraissait être, mais bien une jeune fille, un morceau de roi, comme ils disent, certes ils eussent bien vite changé de ton, vous les auriez vus aussitôt se rengorger et faire la roue.

J'avoue que je fus presque sur le point de regretter mes jupes, en voyant le peu d'attention qu'ils faisaient à moi.

Le plus jeune de la troupe me demanda si je n'aimerais pas mieux souper avec eux que tout seul, attendu qu'on buvait mieux étant plusieurs. Je lui répondis que c'était un plaisir que je n'aurais pas osé espérer, et que je le ferais très volontiers. On mit notre couvert ensemble, et nous prîmes place à la table.

J'appris, par quelques phrases qui leur échappèrent, qu'ils se rendaient à la cour, qui était alors à ***, et où ils devaient rejoindre d'autres de leurs amis. Je leur dis que j'étais un jeune fils de famille qui sortait de l'université, et qui se rendait chez des parents qu'il avait en province par le vrai chemin des écoliers, c'est-à-dire par le plus long qu'il pût trouver. Cela les fit rire, et, après quelques propos sur mon air innocent et candide, ils me demandèrent si j'avais une maîtresse. Je leur répondis que je n'en savais rien, et eux de rire encore plus. Ne perdant pas de vue mon idée, je fis en sorte que la conversation tournât sur les femmes. Cela ne fut pas difficile; car c'est la chose dont les hommes parlent le plus volontiers quand ils sont ivres.

Les compagnons n'étaient pas précisément ivres, ils portaient trop bien leur vin pour cela; mais ils commençaient à entrer dans des discussions morales à perte de vue. L'un d'eux avait passé son bras autour de la taille épaisse d'une des servantes, et dodelinait sa tête fort amoureusement; un autre jura qu'il crèverait sur l'heure comme un crapaud à qui l'on fait prendre du tabac, si Jeannette ne lui laissait pas prendre un baiser sur chacune des grosses pommes rouges qui lui servaient de joues. Et Jeannette, ne voulant pas qu'il crevât comme un crapaud, les lui octroya de très bonne grâce, et n'arrêta pas même une main qui s'insinuait audacieusement entre les plis de son fichu, et ce ne fut qu'après un court pourparler à voix basse qu'il la laissa libre d'enlever le plat.

C'étaient pourtant des gens de la cour et de mœurs élégantes, et assurément, à moins de l'avoir vu, je n'aurais jamais pensé à les accuser de pareilles familiarités avec des servantes d'auberge. Il est probable qu'ils venaient de quitter des maîtresses charmantes, à qui ils avaient fait les plus beaux serments du monde.

Le drôle parut prendre un grand plaisir à ce baiser: c'était un gros baiser solidement et franchement appliqué, qui laissa deux petites marques blanches sur la joue en feu de la donzelle, et dont elle essuya la trace avec le revers de sa main qui venait de laver la vaisselle. Il dit à demi-voix et avec un mouvement de coude tout à fait dédaigneux:

– Au diable les femmes maigres et les grands sentiments!

Cette morale parut du goût de l'assemblée, et tous hochèrent la tête en signe d'assentiment.

– Ma foi, dit l'autre en continuant son idée, j'ai du malheur en tout. Messieurs, il faut que je vous confie sous le sceau du plus grand secret que moi qui vous parle j'ai en ce moment-ci une passion.

– Oh ! oh ! firent les autres. Une passion ! cela est du dernier lugubre. Et que fais-tu d'une passion ?

– C'est une femme honnête, messieurs ; il ne faut pas rire, messieurs ; car enfin pourquoi n'aurais-je pas une femme honnête ? Elle est folle de moi : c'est bien la plus belle âme du monde ; en fait d'âmes, je m'y connais, je m'y connais aussi bien qu'en chevaux pour le moins, et je vous garantis que celle-là est une âme de première qualité. Ce sont des élévations, des extases, des dévouements, des sacrifices, des raffinements de tendresse, tout ce que l'on peut imaginer de plus transcendant ; mais elle n'a presque pas de gorge, elle n'en a même pas du tout, comme une petite fille de quinze ans au plus. Elle a trop d'esprit, et pas assez de chair, et il me prend des envies de la planter là. Que diable ! on ne couche pas avec les esprits. Je suis bien malheureux ; plaignez-moi, mes chers amis.

Et, attendri par le vin qu'il avait bu, il se mit à pleurer à chaudes larmes.

– Jeannette te consolera du malheur de coucher avec des sylphides, lui dit son voisin en lui versant une rasade.

Ô pure et noble femme ! si tu savais ce que dit de toi, dans un cabaret, à tout hasard, devant des personnes qu'il ne connaît pas, l'homme que tu aimes le mieux au monde, et à qui tu as tout sacrifié ! comme il te déshabille sans pudeur, et te livre effrontément toute nue aux regards avinés de ses camarades, pendant que tu es là, triste, le menton dans la main, l'œil tourné vers le chemin par où il doit revenir !

Si quelqu'un était venu te dire que ton amant, vingt-quatre heures peut-être après t'avoir quittée, courtisait une ignoble servante et qu'il s'était arrangé pour passer la nuit avec elle, tu aurais soutenu que cela n'était pas possible, et tu n'aurais pas voulu le croire : cela était pourtant.

La conversation dura encore quelque temps, la plus folle et la plus dévergondée du monde ; mais, à travers toutes les exagérations bouffonnes, les plaisanteries souvent ordurières, perçait un sentiment vrai et profond de parfait mépris pour la femme, et j'en appris plus dans cette soirée qu'en lisant vingt charretées de moralistes.

J'avais bien soupçonné que les hommes n'étaient pas tels qu'ils apparaissaient devant nous, mais je ne les croyais pas encore aussi différents de leurs masques, et ma surprise égalait mon dégoût.

Je ne voudrais, pour corriger à tout jamais une jeune fille romanesque, qu'une demi-heure d'une pareille conversation ; cela lui vaudrait mieux que toutes les remontrances maternelles.

Les uns se vantaient d'avoir autant de femmes qu'il leur plaisait, et que pour cela ils n'avaient qu'un mot à dire ; les autres se communiquaient des recettes pour se procurer des maîtresses ou dissertaient sur la tactique à suivre dans le siège d'une vertu. Tous faisaient très bon marché de l'amour.

Voilà donc la pensée qu'ils nous cachent sous tant de beaux semblants ! Qui le dirait jamais à les voir si humbles, si rampants, si prêts à tout ? comme ils se vengent de leur abaissement passager ! comme ils font chèrement payer leurs politesses ! Quelle brutalité forcenée de langage et de pensée ! C'est un changement complet et qui n'est certes pas à leur avantage. Si loin qu'eussent été mes prévisions, elles étaient bien au-dessous de la réalité.

Le souper se termina enfin, et il fut question de s'aller coucher ; mais, comme le nombre des coucheurs était double de celui des lits, il s'ensuivit naturellement qu'il fallait se coucher les uns après les autres ou coucher deux ensemble. La chose était fort simple pour le reste de la compagnie, mais elle ne l'était pas pour moi.

Celui dont je devais partager le lit était raisonnablement ivre. Il se jeta sur les matelas une jambe et un bras pendants à terre, et s'endormit sur-le-champ. Ce sommeil simplifiait de beaucoup la difficulté ; je n'ôtai que mon pourpoint et mes bottes, j'enjambai le corps du dormeur, et je m'étendis sur les draps du côté de la ruelle.

Mais en voici assez pour aujourd'hui, ma plume ne marque plus, et je n'ai pas envie de la tailler ; je te dirai une autre fois le reste de mes aventures.

## XI

Beaucoup de choses sont ennuyeuses : il est ennuyeux de rendre l'argent qu'on avait emprunté, et qu'on s'était accoutumé à regarder comme à soi ; il est ennuyeux de caresser aujourd'hui la femme qu'on aimait hier ; il est ennuyeux de faire un roman, et plus ennuyeux de le lire ; il est ennuyeux d'avoir un bouton sur le nez le jour où l'on va rendre visite à l'idole de son cœur ; il est ennuyeux d'être portier ; il est ennuyeux d'être empereur ; il est ennuyeux d'être soi, et même d'être un autre ; il est ennuyeux d'être en hiver parce que l'on grelotte, et en été parce qu'on sue ; mais ce qu'il y a de plus ennuyeux sur terre, en enfer et au ciel, c'est assurément une tragédie, à moins que ce ne soit un drame ou une comédie.

Qu'y a-t-il de plus niais et de plus stupide ? Ces gros tyrans à voix de taureau, qui arpentent le théâtre d'une coulisse à l'autre, en faisant aller comme des ailes de moulin leurs bras velus, emprisonnés dans des bas de couleur de chair, ne sont-ils pas de piètres contrefaçons de Barbe-Bleue ou de Croquemitaine ? Leurs rodomontades feraient pouffer de rire quiconque se pourrait tenir éveillé.

Les amantes infortunées ne sont pas moins ridicules. C'est quelque chose de divertissant que de les voir s'avancer, vêtues de noir ou de blanc, avec des cheveux qui pleurent sur leurs épaules, des manches qui pleurent sur leurs mains, et le corps prêt à saillir de leur corset comme un noyau qu'on presse entre les doigts.

Quant à la comédie qui doit corriger les mœurs, et qui s'acquitte heureusement assez mal de son devoir, je trouve que les sermons des pères et les rabâcheries des oncles sont aussi assommants sur le théâtre que dans la réalité. Je ne suis pas d'avis que l'on double le nombre des sots en les représentant ; il y en a déjà bien assez comme cela, Dieu merci, et la race n'est pas près de finir. Un acteur qui parviendrait à imiter parfaitement les poses et les manières des savetiers ne m'amuserait pas beaucoup plus qu'un savetier réel.

Mais il est un théâtre que j'aime, c'est le théâtre fantastique, extravagant, impossible, où l'honnête public sifflerait impitoyablement dès la première scène, faute d'y comprendre un mot. C'est un singulier théâtre que celui-là. Des vers luisants y tiennent lieu de quinquets ; un scarabée battant la mesure avec ses antennes est placé au pupitre. Le grillon y fait sa partie ; le rossignol est première flûte.

Le champignon regarde la comédie son chapeau sur la tête, comme un insolent qu'il est, la violette mignonne se dresse sur la pointe de ses petits pieds entre deux brins d'herbe, et ouvre toutes grandes ses prunelles bleues, afin de voir passer le héros.

Le bouvreuil et la linotte se penchent au bout des rameaux pour souffler les rôles aux acteurs.

Les personnages ne sont d'aucun temps ni d'aucun pays; ils vont et viennent sans que l'on sache pourquoi ni comment; ils ne mangent ni ne boivent, ils ne demeurent nulle part et n'ont aucun métier; ils ne possèdent ni terres, ni rentes, ni maisons.

Comme ce qu'ils débitent est amusant et charmant! Ce ne sont pas eux, les beaux acteurs, qui iraient, comme ces hurleurs de drame, se tordre la bouche et se sortir les yeux de la tête pour dépêcher la tirade à effet.

Ils parlent sans se presser, sans crier, comme des gens de bonne compagnie qui n'attachent pas grande importance à ce qu'ils font.

Tout se noue et se dénoue avec une insouciance admirable: les effets n'ont point de cause, et les causes n'ont point d'effet; le personnage le plus spirituel est celui qui dit le plus de sottises; le plus sot dit les choses les plus spirituelles; les jeunes filles tiennent des discours qui feraient rougir des courtisanes; les courtisanes débitent des maximes de morale. Les aventures les plus inouïes se succèdent coup sur coup sans qu'elles soient expliquées.

Ce pêle-mêle et ce désordre apparents se trouvent, au bout du compte, rendre plus exactement la vie réelle sous ses allures fantasques que le drame de mœurs le plus minutieusement étudié. Tout homme renferme en soi l'humanité entière, et en écrivant ce qui lui vient à la tête il réussit mieux qu'en copiant à la loupe les objets placés en dehors de lui.

Dans ce théâtre, écrit pour les fées, et qui doit être joué au clair de lune, il est une pièce qui me ravit principalement ; c'est une pièce si errante, si vagabonde, dont l'intrigue est si vaporeuse et les caractères si singuliers que l'auteur lui-même, ne sachant quel titre lui donner, l'a appelée *Comme il vous plaira*, nom élastique, et qui répond à tout.

En lisant cette pièce étrange, on se sent transporté dans un monde inconnu, dont on a pourtant quelque vague réminiscence : on ne sait plus si l'on est mort ou vivant, si l'on rêve ou si l'on veille. Des sources coulent en murmurant des plaintes à demi étouffées ; le vent remue les vieux arbres de l'antique forêt sur la tête du vieux duc exilé, avec des soupirs compatissants ; et, lorsque James le mélancolique laisse aller au fil de l'eau, avec les feuilles du saule, ses philosophiques doléances, il vous semble que c'est vous-même qui parlez, et que la pensée la plus secrète et la plus obscure de votre cœur se révèle et s'illumine.

Comment supporter les conversations ordinaires dans les cercles et les salons, quand on t'a entendu parler, étincelant Mercutio, dont chaque phrase éclate en pluie d'or et d'argent ? Quelles femmes ne semblent pas laides à côté de vos Vénus, sculpteurs antiques, poètes aux strophes de marbre ?

Ah ! malgré l'étreinte furieuse dont j'ai voulu enlacer le monde matériel au défaut de l'autre, je sens que je suis mal né, que la vie n'est pas faite pour moi, et qu'elle me repousse ; je ne puis me mêler à rien : quelque chemin que je suive, je me fourvoie ; l'allée unie, le sentier rocailleux me conduisent également à l'abîme. Je ne puis ni marcher ni voler ; le ciel m'attire quand je suis sur terre, la terre quand je suis au ciel.

Le monde ne veut pas de moi ; il me repousse comme un spectre échappé des tombeaux. Mon cœur ne bat pour rien de ce qui fait battre le cœur de l'homme. Mes douleurs et mes joies ne sont pas celles de mes semblables. J'ai violemment désiré ce que personne ne désire ; j'ai dédaigné des choses que l'on souhaite éperdument. J'ai aimé des femmes quand elles ne m'aimaient pas, et j'ai été aimé quand j'aurais voulu être haï : toujours trop tôt ou trop tard, plus ou moins, en deçà ou au-delà ; jamais ce qu'il aurait fallu.

Ce que je fais a toujours l'apparence d'un rêve ; mes actions semblent plutôt le résultat du somnambulisme que celui d'une libre volonté ; le côté simple et naturel des choses ne se révèle à moi qu'après tous les autres, et je saisirai tout d'abord l'excentrique et le bizarre.

Aussi, par une espèce de réaction instinctive, je me suis toujours désespérément cramponné à la matière, à la silhouette extérieure des choses, et j'ai donné dans l'art une très grande place à la plastique. Je comprends parfaitement une statue, je ne comprends pas un homme ; où la vie commence, je m'arrête et recule effrayé comme si j'avais vu la tête de Méduse. Le phénomène de la vie me cause un étonnement dont je ne puis revenir. Je ferai sans doute un excellent mort, car je suis un assez pauvre vivant, et le sens de mon existence m'échappe complètement. Le son de ma voix me surprend à un point inimaginable, et je serais tenté quelquefois de la prendre pour la voix d'un autre. Lorsque je veux étendre mon bras et que mon bras m'obéit, cela me paraît tout à fait prodigieux, et je tombe dans la plus profonde stupéfaction.

En revanche, Silvio, je comprends parfaitement l'inintelligible ; les données les plus extravagantes me semblent fort naturelles, et j'y entre avec une facilité singulière. Je trouve aisément la suite du cauchemar le plus capricieux et le plus échevelé. C'est la raison pourquoi le genre de pièces dont je te parlais tout à l'heure me plaît par-dessus tous les autres.

Nous avons avec Théodore et Rosette de grandes discussions à ce sujet : Rosette goûte peu mon système, elle est pour la vérité vraie ; Théodore donne au poète plus de latitude, et admet une vérité de convention et d'optique. Moi, je soutiens qu'il faut laisser le champ tout à fait libre à l'auteur et que la fantaisie doit régner en souveraine.

Beaucoup de personnes de la compagnie se fondaient principalement sur ce que ces pièces étaient en général hors des conditions théâtrales et ne pouvaient pas se jouer ; je leur ai répondu que cela était vrai dans un sens et faux dans l'autre, à peu près comme tout ce que l'on dit, et que la pièce *Comme il vous plaira* était assurément très exécutable, surtout pour des gens du monde qui n'auraient pas l'habitude d'autres rôles.

Cela fit venir l'idée de la jouer. La saison s'avance, et l'on a épuisé tous les genres d'amusements ; l'on est las de la chasse, des parties à cheval et sur l'eau ; et la proposition fut reçue avec un enthousiasme universel.

Le théâtre est dressé dans l'orangerie, qui est la plus grande salle du château, et je pense que tout ira bien.

C'est moi qui fais Orlando ; Rosette devait jouer Rosalinde, cela était de toute justice : comme ma maîtresse et comme maîtresse de la maison, le rôle lui revenait de droit ; mais elle n'a pas voulu se travestir en homme par un caprice assez singulier pour elle, dont assurément la pruderie n'est pas le défaut. Théodore s'est offert pour la remplacer, attendu que Rosalinde est presque toujours en cavalier, excepté au premier acte, où elle est en femme, et qu'avec du fard, un corset et une robe il pourra faire suffisamment illusion, n'ayant point encore de barbe et étant fort mince de taille.

Nous sommes en train d'apprendre nos rôles, et c'est quelque chose de curieux que de nous voir. Dans tous les recoins solitaires du parc, vous êtes sûr de trouver quelqu'un avec un papier à la main, marmottant des phrases tout bas, levant les yeux au ciel, les baissant tout à coup, et refaisant sept à huit fois le même geste.

Depuis que l'on a parlé de jouer la comédie, tout est ici dans le désordre le plus complet. Tous les tiroirs sont ouverts, toutes les armoires vidées ; c'est un vrai pillage. Les tables, les fauteuils, les consoles, tout est encombré : il traîne par la maison des quantités prodigieuses de robes, de mantelets, de voiles, de jupes, de capes, de toques, de chapeaux.

Un directeur de théâtre n'a pas le temps d'être mélancolique, et je ne l'ai guère été depuis quelque temps. Comme c'est moi qui remplis le rôle de l'imprésario outre mon rôle d'Orlando, ma besogne est double. Quand il se présente quelque difficulté, c'est à moi qu'on a recours, et mes décisions n'étant pas toujours écoutées comme des oracles, cela dégénère en des discussions interminables.

Si ce qu'on appelle vivre est d'être toujours sur ses jambes, de répondre à vingt personnes, de monter et de descendre des escaliers, de ne pas penser une minute dans une journée, je n'ai jamais tant vécu que cette semaine; je ne prends pourtant pas autant de part à ce mouvement que l'on pourrait le croire. La vie ne me pénètre pas si facilement que cela; et c'est même alors que je vis le moins, quoique j'aie l'air d'agir et de me mêler à ce qui se fait; l'action m'hébète et me fatigue à un point dont on ne peut se faire une idée; quand je n'agis pas, je pense ou au moins je rêve, et c'est une façon d'existence.

Jusqu'à présent, je n'ai rien fait, et j'ignore si je ferai jamais rien. Je ne sais pas arrêter mon cerveau, ce qui est toute la différence de l'homme de talent à l'homme de génie; c'est un bouillonnement sans fin, le flot pousse le flot; je ne puis maîtriser cette espèce de jet intérieur qui monte de mon cœur à ma tête, et qui noie toutes mes pensées faute d'issues. Je ne puis rien produire, non par stérilité, mais par surabondance; mes idées poussent si drues et si serrées qu'elles s'étouffent et ne peuvent mûrir. Quand j'écris une phrase, la pensée qu'elle rend est déjà aussi loin de moi que si un siècle se fût écoulé au lieu d'une seconde.

Voilà pourquoi je ne saurais vivre, ni comme poète ni comme amant. Je ne puis rendre que les idées que je n'ai plus ; je n'ai les femmes que lorsque je les ai oubliées et que j'en aime d'autres.

Prendre une pensée dans un filon de son cerveau, l'en sortir brute d'abord comme un bloc de marbre qu'on extrait de la carrière, la poser devant soi, et du matin au soir, un ciseau d'une main, un marteau de l'autre, cogner, tailler, gratter, et emporter à la nuit une pincée de poudre pour jeter sur son écriture, voilà ce que je ne pourrai jamais faire.

Je dégage bien en idée la svelte figure du bloc grossier, et j'en ai la vision très nette ; mais il y a tant d'angles à abattre, tant d'éclats à faire sauter, tant de coups de râpe et de marteau à donner pour approcher de la forme et saisir la juste sinuosité du contour que les ampoules me viennent aux mains, et que je laisse tomber le ciseau par terre.

Comment fais-tu, Michel-Ange, pour couper le marbre par tranches, ainsi qu'un enfant qui sculpte un marron ? de quel acier étaient faits tes ciseaux invaincus ?

C'est une vanité innocente et permise, en quelque sorte, après ce que je viens de dire de cruel sur mon compte – et ce n'est pas toi qui m'en blâmeras, ô Silvio ! –, mais, quoique l'univers ne doive jamais en rien savoir, et que mon nom soit d'avance voué à l'oubli, je suis un poète et un peintre ! J'ai eu d'aussi belles idées que nul poète du monde ; j'ai créé des types aussi purs, aussi divins que ce que l'on admire le plus dans les maîtres. Je les vois là, devant moi, aussi nets, aussi distincts que s'ils étaient peints réellement, et, si je pouvais ouvrir un trou dans ma tête et y mettre un verre pour qu'on y regardât, ce serait la plus merveilleuse galerie de tableaux que l'on eût jamais vue.

Je sais bien que j'ai l'air étrange à dire cela, et que je paraîtrai entêté de l'ivresse grossière du plus sot orgueil; mais cela est ainsi, et rien n'ébranlera ma conviction là-dessus. Personne sans doute ne la partagera; qu'y faire? Chacun naît marqué d'un sceau noir ou blanc. Apparemment le mien est noir.

J'ai même quelquefois peine à voiler suffisamment ma pensée à cet endroit; il m'est arrivé souvent de parler trop familièrement de ces hauts génies dont on doit adorer la trace et contempler la statue de loin et à genoux. Une fois, je me suis oublié jusqu'à dire: «Nous autres.» Heureusement c'était devant une personne qui n'y prit pas garde, sans quoi j'eusse infailliblement passé pour le plus énorme fat qui fut jamais.

C'est une erreur de croire que tous les gens qui ont passé pour avoir du génie étaient réellement de plus grands hommes que d'autres.

Pour ce qui est de moi, je n'ai pas le degré de stupidité nécessaire pour devenir ce que l'on appelle absolument un *génie*. Les hommes de génie sont très bornés, et c'est pour cela qu'ils sont hommes de génie. Le manque d'intelligence les empêche d'apercevoir les obstacles qui les séparent de l'objet auquel ils veulent arriver; ils vont, et, en deux ou trois enjambées, ils dévorent les espaces intermédiaires. Rien ne les distrait, rien ne les détourne, ils agissent plutôt par instinct qu'autrement, et plusieurs, tirés de leur sphère spéciale, sont d'une nullité que l'on a peine à comprendre.

Assurément, c'est un don rare et charmant que de bien faire les vers; peu de gens se plaisent plus que moi aux choses de la poésie; mais cependant je ne veux pas borner et circonscrire ma vie dans les douze pieds d'un alexandrin; il y a mille choses qui m'inquiètent autant qu'un hémistiche: ce n'est pas l'état de la société et les réformes qu'il faudrait faire; je me soucie assez peu que les paysans sachent lire ou non, et que les hommes mangent du pain ou broutent de l'herbe; mais il me passe par la tête, en une heure, plus de cent mille visions qui n'ont pas le moindre rapport avec la césure ou la rime, et c'est ce qui fait que j'exécute si peu, tout en ayant plus d'idées que certains poètes que l'on pourrait brûler avec leurs propres œuvres.

J'adore la beauté et je la sens; je puis la dire aussi bien que peuvent la comprendre les plus amoureux statuaires, et je ne fais cependant pas de sculptures. La laideur et l'imperfection de l'ébauche me révoltent; je ne puis attendre que l'œuvre vienne à bien à force de la polir et de la repolir.

J'en vois beaucoup qui prennent une palette, des pinceaux et couvrent leur toile, sans se soucier autrement de ce que le caprice fait naître au bout de leur brosse, et d'autres qui écrivent cent vers de suite sans faire une rature et sans lever une seule fois les yeux au plafond. J'envie de tout mon cœur cette charmante intrépidité et cet heureux aveuglement qui les empêchent de voir leurs défauts, même les plus palpables. Aussitôt que j'ai dessiné quelque chose de travers, je le vois sur-le-champ et je m'en préoccupe outre mesure ; et, comme je suis beaucoup plus savant en théorie qu'en pratique, il arrive très souvent que je ne puis corriger une faute dont j'ai la conscience ; alors je tourne la toile le nez contre le mur, et je n'y reviens jamais.

J'ai si présente l'idée de la perfection que le dégoût de mon œuvre me prend tout d'abord et m'empêche de continuer.

Je ne puis même pas parvenir à écrire une lettre comme je le voudrais : je dis souvent tout autre chose ; certaines portions prennent un développement démesuré, d'autres se rapetissent à devenir imperceptibles, et très souvent l'idée que j'avais à rendre ne s'y trouve pas ou n'y est qu'en post-scriptum.

En commençant à t'écrire, je n'avais certainement pas l'intention de te dire la moitié de ce que j'ai dit. Je voulais simplement te faire savoir que nous allions jouer la comédie ; mais un mot amène une phrase ; les parenthèses sont grosses d'autres petites parenthèses qui, elles-mêmes, en ont d'autres dans le ventre toutes prêtes à accoucher. Il n'y a pas de raison pour que cela finisse et n'aille jusqu'à deux cents volumes in-folio – ce qui serait trop assurément.

Dès que je prends la plume, il se fait dans mon cerveau un bourdonnement et un bruissement d'ailes, comme si l'on y lâchait des multitudes de hannetons. Cela se cogne aux parois de mon crâne, et tourne, et descend, et monte avec un tapage horrible ; ce sont mes pensées qui veulent s'envoler et qui cherchent une issue ; toutes s'efforcent de sortir à la fois : quelquefois la porte est tellement obstruée que pas une ne peut en franchir le seuil et arriver jusque sur le papier.

Voilà comme je suis fait. Je n'ai pas besoin de réclamer ton indulgence, mon cher Silvio ; elle m'est acquise d'avance, et tu as la bonté de lire jusqu'au bout mes indéchiffrables barbouillages, mes rêvasseries sans queue ni tête : si décousues et si absurdes qu'elles soient, elles t'offrent toujours de l'intérêt, parce qu'elles viennent de moi, et ce qui est moi, quand même cela est mauvais, n'est pas sans quelque prix pour toi.

Je puis te laisser voir ce qui révolte le plus le commun des hommes : un orgueil sincère. Mais faisons un peu trêve à toutes ces belles choses, et, puisque je t'écris à propos de la pièce que nous devons jouer, revenons-y et parlons-en un peu.

La répétition a eu lieu aujourd'hui ; jamais de ma vie je n'ai été aussi bouleversé, non pas à cause de l'embarras qu'il y a toujours à réciter quelque chose devant beaucoup de personnes, mais pour un autre motif. Nous étions en costume, et prêts à commencer ; Théodore seul n'était pas encore arrivé : on envoya à sa chambre voir ce qui le retardait ; il fit dire qu'il avait tantôt fini et qu'il allait descendre.

Il vint en effet ; j'entendis son pas dans le corridor bien avant qu'il parût et, quand je compris qu'il allait poser la main sur le bouton de la porte, il me prit comme un tremblement, et le cœur me battit d'une force horrible. Il me sembla que quelque chose d'important dans ma vie allait se décider, et que j'étais arrivé à un moment solennel et attendu depuis longtemps.

Le battant s'ouvrit lentement et retomba de même.

Ce fut un cri général d'admiration. Les hommes applaudirent, les femmes devinrent écarlates. Rosette seule pâlit extrêmement et s'appuya au mur, comme si une révélation soudaine lui traversait le cerveau.

Je l'ai toujours soupçonnée d'aimer Théodore. Sans doute, en ce moment-là, elle crut comme moi que la feinte Rosalinde n'était effectivement rien de moins qu'une jeune et belle femme, et le frêle château de cartes de son espoir s'affaissa tout d'un coup, tandis que le mien se relevait sur ses ruines ; du moins voilà ce que j'ai pensé : je me trompe peut-être, car je n'étais guère en état de faire des observations exactes.

Il y avait là, sans compter Rosette, trois ou quatre jolies femmes ; elles parurent d'une laideur révoltante. À côté de ce soleil, l'étoile de leur beauté s'était éclipsée subitement, et chacun se demandait comment on avait pu les trouver seulement passables.

Le fantôme adoré et vainement poursuivi était là, devant mes yeux, vivant, palpable, non pas sous un vain déguisement, mais sous son costume réel ; non plus avec la forme dérisoire d'un jeune homme, mais avec les traits de la plus charmante femme.

J'éprouvais une sensation de bien-être énorme, comme si l'on m'eût ôté une montagne ou deux de dessus la poitrine. Je sentis s'évanouir l'horreur que j'avais de moi-même, et je fus délivré de l'ennui de me regarder comme un monstre.

Il, ou plutôt elle (car je ne veux plus me souvenir que j'ai eu cette stupidité de la prendre pour un homme) resta une minute immobile sur le seuil de la porte, comme pour donner le temps à l'assemblée de jeter sa première exclamation.

Ses grands cheveux bruns, entremêlés de cordons de grosses perles, tombaient en boucles naturelles au long de ses belles joues ! Ses épaules et sa poitrine étaient découvertes, et jamais je n'ai rien vu de si beau au monde ; le marbre le plus élevé n'approche pas de cette exquise perfection. S'il y avait des mots pour rendre ce que je sens, je te ferais une description de cinquante pages ; mais les langues ont été faites par je ne sais quels goujats qui n'avaient jamais regardé avec attention le dos ou le sein d'une femme, et l'on n'a pas la moitié des termes les plus indispensables.

Elle s'avança dans la chambre, la joue légèrement allumée d'un rouge qui n'était pas du fard, et chacun de s'extasier, et de se récrier, et de se demander s'il était bien possible que ce fût lui, Théodore de Sérannes, le hardi écuyer, le damné duelliste, le chasseur déterminé, et s'il était parfaitement sûr qu'il ne fût pas sa sœur jumelle.

Mais on dirait qu'il n'a jamais porté d'autre costume de sa vie ! Il n'est pas gêné le moins du monde dans ses mouvements ; il joue de la prunelle et de l'éventail à ravir ; et comme il a la taille fine ! – on le tiendrait entre les doigts ! C'est prodigieux ! c'est inconcevable ! L'illusion est aussi complète que possible : on dirait presque qu'il a de la gorge, tant sa poitrine est grasse et bien remplie, et puis pas un seul poil de barbe, mais pas un ; et sa voix qui est douce ! Oh ! la belle Rosalinde ! et qui ne voudrait être son Orlando ?

La répétition a été beaucoup mieux que je ne l'espérais ; Théodore surtout s'est montré admirable.

Quelque raison importante, et que je ne puis savoir, force sans doute la belle à ce déguisement maudit, qui a été la cause de tous mes tourments, et qui a failli faire de moi un étrange amoureux : sans cela tout aurait été uniquement, facilement, comme une voiture dont les roues sont bien graissées sur une route bien plane et sablée avec du sable fin ; j'aurais pu me laisser aller avec une douce sécurité aux rêveries les plus amoureusement vagabondes, et prendre entre mes mains la petite main blanche et soyeuse de ma divinité, sans frissons d'horreur, et sans reculer à vingt pas, comme si j'eusse touché un fer rouge, ou senti les griffes de Belzébuth en personne.

Au lieu de me désespérer et de m'agiter comme un vrai maniaque, de me battre les flancs pour avoir des remords, je me serais dit avec un sentiment de devoir rempli et de conscience satisfaite : « Je suis amoureux » – phrase aussi agréable à se dire le matin, la tête sur un oreiller bien doux, sous une couverture bien chaude, que toute autre phrase de trois mots que l'on pourrait imaginer, excepté toutefois celle-ci : « J'ai de l'argent. »

Après m'être levé, j'aurais été me planter devant ma glace, et là, me regardant avec une sorte de respect, je me serais attendri, tout en peignant mes cheveux, sur ma poétique pâleur, en me promettant bien d'en tirer bon parti.

Puis j'eusse déjeuné avec componction et gravité pour nourrir ce cher corps, cette précieuse boîte de passion.

Le déjeuner fini, tout en me curant les dents, j'eusse entrelacé quelques rimes hétéroclites en manière de sonnet, le tout en l'honneur de ma princesse ; le dernier vers surtout eût été particulièrement admirable, car le venin du scorpion est dans sa queue, et le mérite du sonnet dans son dernier vers.

J'aurais pu mener la plus heureuse vie du monde. Mais les dieux en ont ordonné autrement.

Je me suis épris d'une beauté en pourpoint et en bottes, d'une fière Bradamante qui dédaigne les habits de son sexe, et qui vous laisse par moments flotter dans les plus inquiétantes perplexités ; ses traits et son corps sont bien des traits et un corps de femme, mais son esprit est incontestablement celui d'un homme.

Ma maîtresse est de première force à l'épée, et en remontrerait au prévôt de salle le plus expérimenté ; elle a eu je ne sais combien de duels, et tué ou blessé trois ou quatre personnes ; elle franchit à cheval des fossés de dix pieds de large, et chasse comme un vieux gentillâtre de province: singulières qualités pour une maîtresse! Il n'y a qu'à moi que ces choses-là arrivent.

Je ris, mais certainement il n'y a pas de quoi, car je n'ai jamais tant souffert, et ces deux derniers mois m'ont semblé deux années ou plutôt deux siècles. C'était dans ma tête un flux et reflux d'incertitudes à hébéter le plus fort cerveau; j'étais si violemment agité et tiraillé en tous sens, j'avais des élans si furieux, de si plates atonies, des espoirs si extravagants et des désespoirs si profonds que je ne sais réellement pas comment je ne suis pas mort à la peine. Rosette n'a point paru s'apercevoir de rien; je crois qu'elle était elle-même trop occupée à aimer Théodore, pour faire attention à mon refroidissement pour elle. Théodore lui-même n'a point montré jusqu'à ce jour qu'il eût le plus léger soupçon de l'état de mon âme, et il m'a toujours parlé familièrement et amicalement, comme un jeune homme bien élevé parle à un jeune homme de son âge, mais rien de plus.

Peut-être les motifs qui l'obligeaient à ce travestissement n'existent-ils plus, et va-t-il bientôt reprendre le vêtement qui lui convient: c'est ce que j'ignore.

Cependant je n'ai qu'une certitude morale; les preuves me manquent, et je ne puis rester plus longtemps dans cet état d'incertitude; il faut absolument que je parle à Théodore d'une manière plus précise. Je me suis approché vingt fois de lui avec une phrase préparée, sans pouvoir venir à bout de la dire – je n'ose pas. Au lieu de déclarer mon amour, je disserte sur la pluie et le beau temps ou telle autre stupidité pareille. Cependant la saison va finir, et bientôt l'on retournera à la ville; les facilités qui s'ouvrent ici favorablement devant mes désirs ne se retrouveront nulle part: nous nous perdrons peut-être de vue, et un courant opposé nous emportera sans doute.

J'ai pris une résolution. Puisque je ne pouvais me décider à parler, j'ai écrit toute ma destinée sur un carré de papier. Il est peut-être ridicule d'écrire à quelqu'un qui demeure dans la même maison que vous, que l'on peut voir tous les jours, à toute heure; mais je n'en suis plus à regarder ce qui est ridicule ou non.

J'ai cacheté ma lettre non sans trembler et sans changer de couleur; puis, choisissant le moment où Théodore était sorti, je l'ai posée sur le milieu de la table, et je me suis enfui aussi troublé que si j'avais commis la plus abominable action du monde.

## XII

Je t'ai promis la suite de mes aventures; mais en vérité je suis si paresseuse à écrire qu'il faut que je t'aime comme la prunelle de mon œil pour me mettre devant une table avec une grande feuille de papier toute blanche qu'il faut rendre toute noire, sans prendre la résolution subite de monter à cheval et de faire, à bride abattue, les quatre-vingts énormes lieues qui nous séparent, pour t'aller conter de vive voix ce que je vais t'aligner en pieds de mouche imperceptibles.

Je t'ai laissée, je crois, au départ de l'auberge où j'ai passé une si drôle de nuit. Je ne te conterai pas, selon l'usage des voyageurs, que j'ai fait tant de lieues tel jour, que j'ai été de cet endroit à cet autre, que le rôti que j'ai mangé dans l'auberge du Cheval-Blanc ou de la Croix-de-Fer était cru ou brûlé; que le vin était aigre et que le lit où j'ai couché avait des rideaux à personnages ou à fleurs: ce sont des détails très importants et qu'il est bon de conserver à la postérité; mais il faudra que la postérité s'en passe pour cette fois et que tu te résignes à ne pas savoir de combien de plats mon dîner était composé, et si j'ai bien ou mal dormi pendant le cours de mes voyages.

Un des cavaliers, mon compagnon de lit, se prit d'une belle passion pour moi et tint tout le temps son cheval à côté du mien. À cette exception près, que je n'eusse pas voulu le prendre pour amant quand il m'eût apporté la plus belle couronne du monde, il ne me déplaisait pas autrement ; il était instruit, et ne manquait ni d'esprit ni de bonne humeur, seulement, quand il parlait des femmes, c'était avec un ton de mépris et d'ironie pour lequel je lui eusse très volontiers arraché les deux yeux de la tête, d'autant plus que, sous l'exagération, il y avait dans ce qu'il disait beaucoup de choses d'une vérité cruelle.

Il m'invita d'une manière si pressante et à tant de reprises à venir voir avec lui une de ses sœurs sur la fin de son veuvage, et qui habitait en ce moment-là un vieux château avec une de ses tantes, que je ne pus le lui refuser. Les autres nous donnèrent une poignée de main et s'en furent.

Nous arrivâmes au lieu de notre destination. Un grand parterre, dessiné à la française, s'étendait devant le château. Les fenêtres du pavillon du milieu donnaient toutes sur un balcon commun orné d'une balustrade de fer extrêmement travaillée et d'une grande richesse.

Personne ne paraissait aux fenêtres ; on eût dit que le château était inhabité, ou du moins ne l'était que par des esprits ; car le moindre bruit ne transpirait pas au-dehors. Nous commencions à monter les premières marches du perron, lorsque nous entendîmes à l'intérieur comme un bruit de portes ouvertes et fermées, comme si quelqu'un se hâtait à notre rencontre.

En effet, une jeune femme parut sur le haut de la rampe, franchit en un bond l'espace qui la séparait de mon compagnon, et se jeta à son cou. Celui-ci l'embrassa très affectueusement, et, lui mettant le bras autour de la taille, il l'enleva presque et la porta ainsi jusqu'au palier.

– Savez-vous que vous êtes bien aimable et bien galant pour un frère, mon cher Alcibiade ? N'est-ce pas, monsieur, qu'il n'est pas tout à fait inutile que je vous avertisse que c'est mon frère, car en vérité il n'en a pas trop les façons ? dit la jeune belle en se retournant de mon côté.

À quoi je répondis qu'on s'y pouvait méprendre, et que c'était en quelque sorte un malheur que d'être son frère et de se trouver ainsi exclu de la catégorie de ses adorateurs.

Tout en causant ainsi, nous entrâmes dans une salle basse dont les murs étaient décorés d'une tapisserie de haute lisse de Flandre.

– Alcibiade, je vais faire avertir ma tante de votre arrivée.

– Oh ! cela n'est pas fort pressé, ma sœur ; asseyons-nous d'abord et causons un peu. Je vous présente un cavalier qui a nom Théodore de Sérannes et qui passera quelque temps ici. Je n'ai pas besoin de vous recommander de lui faire bon accueil.

La belle fit un petit mouvement de tête, comme pour donner son assentiment, et l'on parla d'autre chose. Tout en faisant la conversation, je la regardais en détail et je l'examinais plus attentivement que je n'avais pu le faire jusqu'alors.

Elle pouvait avoir vingt-trois ou vingt-quatre ans, et son deuil lui allait on ne peut mieux ; à vrai dire, elle n'avait pas l'air fort lugubre ni fort désolée.

Ses yeux n'étaient pas rouges, mais au contraire les plus clairs et les plus brillants du monde, et l'on eût en vain cherché sur ses joues le sillon par où avaient passé les larmes. Je l'estimai tout d'abord de ne s'être pas crue obligée, parce qu'il lui était mort quelque mari, de se pocher les yeux et de se rendre le nez violet : je lui sus bon gré aussi de ne prendre aucune petite mine dolente et de parler naturellement avec sa voix sonore et argentine, sans traîner les mots et entrecouper ses phrases de vertueux soupirs. Cela me parut de fort bon goût ; je la jugeai tout d'abord une femme d'esprit, ce qu'elle est en effet.

Après quelques propos, nous montâmes chez la vieille tante.

Nous la trouvâmes assise dans un grand fauteuil à dos renversé, avec un petit tabouret sous son pied, et à côté d'elle un vieux chien tout chassieux et tout renfrogné, qui leva son museau noir à notre arrivée, et nous accueillit par un grognement très peu amical.

Je n'ai jamais envisagé une vieille femme qu'avec horreur. Ma mère est morte toute jeune ; sans doute, si je l'avais vue lentement vieillir et que j'eusse vu ses traits se déformer dans une progression imperceptible, je m'y fusse paisiblement habituée. Dans mon enfance, je n'ai été entourée que de figures jeunes et riantes, en sorte que j'ai gardé une antipathie insurmontable pour les vieilles gens. Je sais que lorsque j'aurai soixante ans, je serai ainsi ;

c'est égal, je n'y puis rien faire, et je prie Dieu qu'il me fasse mourir jeune comme ma mère.

Cependant cette vieille avait conservé de son ancienne beauté quelques linéaments simples et majestueux qui l'empêchaient de tomber dans cette laideur de pomme cuite qui est le partage des femmes qui n'ont été que jolies ou simplement fraîches.

Son costume était antique sans être ridicule, et s'harmonisait parfaitement avec sa figure.

La vieille dame nous reçut avec cette aisance et cette politesse exquise qui est le partage des gens qui ont suivi l'ancienne cour, et dont le secret semble se perdre de jour en jour.

Je parus lui plaire beaucoup, et elle me regarda très longtemps et très attentivement avec un air fort touché. Une larme se forma dans le coin de son œil et descendit lentement dans une de ses grandes rides, où elle se perdit et se sécha. Elle me pria de l'excuser et me dit que je ressemblais fort à un fils qu'elle avait autrefois et qui avait été tué à l'armée.

Tout le temps que je demeurai au château, je fus, à cause de cette ressemblance, réelle ou imaginaire, traitée par la bonne dame avec une bienveillance extraordinaire et toute maternelle. J'y trouvais plus de charmes que je ne l'aurais cru d'abord, car le plus grand plaisir que les personnes qui sont d'âge me puissent faire, c'est de ne me parler jamais et de s'en aller quand j'arrive.

Je ne te conterai pas en détail et jour par jour ce que j'ai fait à R***. Si je me suis un peu étendue sur tout ce commencement, c'est qu'il m'arriva là des choses très singulières et pourtant fort naturelles, et que j'aurais dû prévoir en prenant des habits d'homme.

Ma légèreté naturelle me fit faire une imprudence dont je me repens cruellement, car elle a porté dans une bonne et belle âme un trouble que je ne puis apaiser sans découvrir ce que je suis et me compromettre gravement.

Pour avoir parfaitement l'air d'un homme et me divertir un peu, je ne trouvai rien de mieux que de faire la cour à la sœur de mon ami. Cela me paraissait très drôle de me précipiter à quatre pattes lorsqu'elle laissait tomber son gant et de le lui rendre en faisant des révérences prosternées. Dès qu'elle voulait passer d'une chambre à une autre, je lui présentais gracieusement la main ; si elle montait à cheval, je lui tenais l'étrier, et, à la promenade, je marchais toujours à côté d'elle ; le soir, je lui faisais la lecture et je chantais avec elle ; bref, je m'acquittais avec une scrupuleuse exactitude de tous les devoirs d'un cavalier servant.

Alcibiade et la vieille marquise paraissaient voir cette intimité avec plaisir et nous laissaient fort souvent tête à tête. Je regrettais quelquefois de n'être pas véritablement un homme pour en mieux profiter ; si je l'avais été, il n'aurait tenu qu'à moi, car notre charmante veuve semblait avoir parfaitement oublié le défunt.

Ayant commencé sur ce ton, je ne pouvais guère honnêtement reculer, et il était fort difficile de faire une retraite avec armes et bagages ; je ne pouvais cependant pas non plus dépasser une certaine limite et je ne savais guère être aimable qu'en paroles : j'espérais attraper ainsi la fin du mois que je devais passer à R*** et me retirer avec promesse de revenir, sauf à n'en rien faire. Je croyais qu'à mon départ la belle se consolerait, et en ne me voyant plus, m'aurait bientôt oubliée.

Mais, en me jouant, j'avais éveillé une passion sérieuse et les choses tournèrent autrement : ce qui vous retrace une vérité très connue depuis longtemps, à savoir qu'il ne faut jamais jouer ni avec le feu ni avec l'amour.

Avant de m'avoir vue, Rosette ne connaissait pas encore l'amour. Mariée fort jeune à un homme beaucoup plus vieux qu'elle, elle n'avait pu sentir pour lui qu'une espèce d'amitié filiale ; sans doute, elle avait été courtisée, mais elle n'avait pas eu d'amant, tout extraordinaire que la chose puisse paraître. Elle jouissait doucement du plaisir d'être veuve de si bonne heure et d'avoir encore tant d'années à être jolie.

Mais, à mon arrivée, tout cela changea bien.

Hélas ! rien ne peut détourner l'ascendant fatal, et nul ne saurait éviter l'influence bienfaisante ou maligne de son étoile.

La destinée de Rosette était de n'aimer qu'une fois dans sa vie et d'un amour impossible ; il faut qu'elle la remplisse, et elle la remplira.

J'ai été aimée, ô Graciosa ! et c'est une douce chose, quoique je ne l'aie été que par une femme – oh ! une bien douce chose ! Quand on s'éveille la nuit et qu'on se relève sur son coude, se dire : « Quelqu'un pense ou rêve à moi ; un mouvement de mes yeux ou de ma bouche fait la joie ou la tristesse d'une autre créature ; je suis le pôle où se dirige un aimant inquiet ; si j'étais en danger, quelqu'un se jetterait entre la pointe de l'épée et ma poitrine ; on se sacrifierait pour moi ! » – c'est beau ; et je ne sais pas ce que l'on peut souhaiter de plus au monde.

Cette pensée me faisait un plaisir que je me reprochais, car pour tout cela je n'avais rien à donner, et j'étais dans la position d'une personne pauvre qui accepte des présents d'un ami riche et généreux, sans espoir de pouvoir jamais lui en faire à son tour. Cela me charmait d'être adorée ainsi, et par instants je me laissais faire avec une singulière complaisance. À force d'entendre tout le monde m'appeler monsieur, et de me voir traiter comme si j'étais un homme, j'oubliais insensiblement que j'étais femme ; mon déguisement me semblait mon habit naturel, et il ne me souvenait pas d'en avoir jamais porté d'autre.

Beaucoup d'hommes sont plus femmes que moi. La jupe est sur mes hanches et non dans mon esprit. Il arrive souvent que le sexe de l'âme ne soit point pareil à celui du corps, et c'est une contradiction qui ne peut manquer de produire beaucoup de désordre. Moi, par exemple, si je n'avais pas pris cette résolution de renoncer aux habits d'un sexe qui n'est le mien que matériellement et par hasard, j'eusse été fort malheureuse : j'aime les chevaux, l'escrime, tous les exercices violents, je me plais à grimper et à courir çà et là comme un jeune garçon ; il m'ennuie de me tenir assise les deux pieds joints, les coudes collés au flanc, de baisser modestement les yeux, de parler d'une petite voix flûtée et mielleuse, et de faire passer dix millions de fois un bout de laine dans les trous d'un canevas ; je n'aime pas à obéir le moins du monde, et le mot que je dis le plus souvent est : « Je veux. »

C'était quelque chose de neuf et de piquant qu'une pareille intrigue, et je m'en serais fort amusée, si elle n'avait pas été prise au sérieux par la pauvre Rosette. Elle se mit à m'aimer avec une naïveté et une conscience admirables, de toute la force de sa belle et bonne âme – de cet amour que les hommes ne comprennent pas et dont ils ne sauraient se faire même une lointaine idée, délicatement et ardemment, comme je souhaiterais d'être aimée, et comme j'aimerais, si je rencontrais la réalité de mon rêve.

Cette passion aurait pu rendre un jeune homme si heureux ! Quelle bizarrerie dans la destinée humaine ! et que le hasard est un grand railleur !

Ce que tant d'autres avaient désiré ardemment me venait, à moi qui n'en voulais pas et ne pouvais pas en vouloir. La fortune aime assez à donner des pantoufles à ceux qui ont des jambes de bois, et des gants à ceux qui n'ont pas de mains ; l'héritage qui aurait pu vous faire vivre à votre aise vous vient ordinairement le jour de votre mort.

Comme cette situation commençait à se prolonger un peu au-delà des bornes naturelles, Rosette en prit de l'inquiétude, et c'était à peine si un redoublement de phrases flatteuses et de belles protestations lui pouvait redonner sa première sécurité. Deux choses l'étonnaient en moi, et elle remarquait dans ma conduite des contradictions qu'elle ne pouvait concilier: c'était ma chaleur de paroles et ma froideur d'action.

Tu le sais mieux que personne, ma chère Graciosa, mon amitié a tous les caractères d'une passion; elle est subite, ardente, vive exclusive, elle a de l'amour jusqu'à la jalousie, et j'avais pour Rosette une amitié presque pareille à celle que j'ai pour toi. On pouvait se tromper à moins. Rosette s'y trompa d'autant plus complètement que l'habit que je portais ne lui permettait guère d'avoir une autre idée.

Elle s'étonnait intérieurement et ne savait trop que penser; elle s'arrêta à ceci: que c'était une trop grande timidité de ma part, provenant de mon extrême jeunesse et du manque d'habitude dans les commerces amoureux, et qu'il me fallait encourager par toutes sortes d'avances et de bontés.

En conséquence, elle avait soin de me ménager une foule d'occasions de tête-à-tête dans des endroits propres à m'enhardir par leur solitude et leur éloignement de tout bruit et de tout importun.

Un jour, après m'avoir fait errer longtemps à travers un parc très pittoresque qui s'étendait au loin derrière le château, elle m'amena jusqu'à une cabane rustique.

Je ne m'attendais assurément pas au spectacle qui s'offrit à mes yeux. Je croyais que la hutte était tapissée de joncs avec une natte par terre et quelques escabeaux pour se reposer – point du tout.

C'était un boudoir meublé avec toute l'élégance imaginable. Je dis à Rosette que ce raffinement de luxe me plaisait, que je trouvais qu'il était de fort bon goût de cacher la plus grande recherche sous une apparence de simplicité, et que j'approuvais fort qu'une femme eût des jupons brodés avec un pardessus de simple toile.

Rosette, pour me prouver qu'elle était de mon avis, releva un peu sa robe, et me fit voir le bord d'un jupon très richement brodé de grandes fleurs et de feuillages ; je ne demandai pas à voir si la splendeur de la chemise répondait à celle de la jupe. Rosette laissa retomber le pli de sa robe, fâchée de n'avoir pas montré davantage. Puis elle fut à un panneau pratiqué dans le mur, elle en tira un ou deux flacons de liqueurs et quelques assiettes de confitures et de gâteaux, posa le tout sur un petit guéridon, et se vint asseoir près de moi dans une dormeuse assez étroite, de sorte que je fus obligée, pour n'être point trop gênée, de lui passer le bras derrière la taille.

Elle avait jeté son mantelet, et l'on voyait le commencement de sa gorge tendue ; le ton en était d'une délicatesse et d'une transparence ravissantes. Je la contemplai quelque temps avec une émotion et un plaisir indéfinissables, et cette réflexion me vint que les hommes étaient plus favorisés que nous dans leurs amours, que nous leur donnions à posséder les plus charmants trésors, et qu'ils n'avaient rien de pareil à nous offrir.

Voilà des remarques que je n'eusse assurément pas faites l'année passée, et j'aurais bien pu voir toutes les gorges et toutes les épaules du monde, sans m'inquiéter si elles étaient d'une bonne ou mauvaise forme; mais, depuis que j'ai quitté les habits de mon sexe et que je vis avec les jeunes gens, il s'est développé en moi un sentiment qui m'était inconnu: le sentiment de la beauté. Les femmes en sont habituellement privées, je ne sais trop pourquoi car elles sembleraient d'abord plus à même d'en juger que les hommes; mais, comme ce sont elles qui la possèdent, et que la connaissance de soi-même est la plus difficile de toutes, il n'est pas étonnant qu'elles n'y entendent rien. Ordinairement, si une femme trouve une autre femme jolie, on peut être sûr que cette dernière est fort laide, et que pas un homme n'y fera attention. En revanche, toutes les femmes dont les hommes vantent la beauté et la grâce sont trouvées unanimement abominables et minaudières par tout le troupeau enjuponné; ce sont des cris et des clameurs à n'en plus finir.

Maintenant j'aime et je connais la beauté; les habits que je porte me séparent de mon sexe, et m'ôtent toute espèce de rivalité; je suis à même d'en juger mieux qu'un autre. Je ne suis plus une femme, mais je ne suis pas encore un homme; je vois froidement et sans prévention ni pour ni contre, et ma position est aussi parfaitement désintéressée que possible.

Mais revenons à Rosette.

Elle avait ramené ses deux petits pieds sous son

jupon, et était parvenue à se blottir entièrement dans l'angle de la causeuse que j'occupais, en sorte que, bien que ce meuble fût trop étroit, il y avait un grand espace vide de l'autre côté.

Son corps, facile et souple, se modelait sur le mien comme de la cire, et en prenait tout le contour extérieur aussi exactement que possible : l'eau ne se fût pas insinuée plus précisément dans toutes les sinuosités de la ligne.

De minute en minute, elle languissait et mourait et ployait de plus en plus : ses yeux se trempaient, et deux ou trois fois elle fit le mouvement de lever ses mains comme pour les cacher ; mais, à moitié chemin, ses bras lassés retombèrent sur ses genoux, et elle ne put y parvenir – une grosse larme déborda de sa paupière et roula sur sa joue brûlante, où elle fut bientôt séchée.

Ma situation devenait fort embarrassante et passablement ridicule ; je sentais que je devais avoir l'air énormément stupide, et cela me contrariait au dernier point, quoiqu'il ne fût pas en mon pouvoir de prendre un autre air que celui-là. Les façons entreprenantes m'étaient interdites, et c'étaient les seules qui eussent été convenables. Dire des galanteries et débiter des madrigaux, cela eût été bon dans le commencement, mais rien n'eût paru plus fade au point où nous en étions arrivées.

Je ne sais pas trop ce que tout cela fût devenu, si de grands abois ne se fussent fait entendre au-dehors de la porte. La porte céda, et un beau lévrier blanc entra dans la cabane en jappant et en gambadant.

Rosette se releva subitement, et d'un bond elle s'élança à l'extrémité de la chambre.

Ce lévrier était le chien favori de son frère Alcibiade : il ne le quittait jamais, et, quand on le voyait arriver, l'on pouvait être sûr que le maître n'était pas loin ; c'est ce qui avait si fort effrayé la pauvre Rosette.

Effectivement, Alcibiade lui-même entra une minute après tout botté et tout éperonné, avec son fouet à la main :

– Ah ! vous voilà, dit-il. Je vous cherche depuis une heure, et je ne vous eusse assurément pas trouvés, si mon brave lévrier Snug ne vous eût déterrés dans votre cachette.

Et il jeta sur sa sœur un regard moitié sérieux, moitié enjoué, qui la fit rougir jusqu'au blanc des yeux.

– Vous m'aviez l'air profondément enfoncés dans quelque dissertation sentimentale ; mais, pour vous distraire de vos conversations vaporeuses, je crois qu'il ne serait pas mauvais que vous vinssiez faire un tour à cheval avec moi. J'ai une nouvelle jument que je veux essayer. Vous la monterez aussi, Théodore, et nous verrons ce qu'on en peut faire.

Nous sortîmes tous les trois ensemble : les expressions de nos figures étaient singulièrement variées. Alcibiade avait l'air pensif, moi tout à fait à l'aise, Rosette excessivement contrariée.

Alcibiade était arrivé fort à propos pour moi, fort mal à propos pour Rosette, qui perdit ainsi ou crut perdre tout le fruit de ses savantes attaques et de son ingénieuse tactique. Un quart d'heure plus tard, le diable m'emporte si je sais le dénouement qu'aurait pu avoir cette aventure.

Un pareil état de choses ne pouvait durer. Mon départ était le seul moyen de couper court à cette intrigue sans issue ; aussi, au dîner, j'annonçai officiellement que je partirais le lendemain même. Rosette qui était assise à côté de moi, faillit presque se trouver mal en entendant cette nouvelle, et laissa tomber son verre. La tante leva ses vieilles mains ridées avec un mouvement de surprise pénible, et, de sa voix grêle et tremblante qui chevrotait encore plus qu'à l'ordinaire, elle me dit :

– Ah ! mon cher monsieur Théodore, vous nous quittez comme cela ? Ce n'est pas bien ; hier, vous n'aviez pas le moins du monde l'air disposé à partir. Vous voyez quelle mine Rosette vous fait, et comme elle vous en veut ; je vous avertis que je vous en voudrai au moins autant qu'elle, et que je vous ferai une mine aussi terrible, et une mine de soixante-huit ans est un peu plus effroyable qu'une mine de vingt-trois.

Alcibiade jura, en frappant un grand coup de poing sur la table, qu'il barricaderait les portes du château et couperait les jarrets à mon cheval plutôt que de me laisser partir.

Rosette me lança un regard si triste et si suppliant, qu'il eût fallu toute la férocité d'un tigre à jeun depuis huit jours pour n'en pas être touché.

Je n'y résistai pas, et, quoique cela me contrariât singulièrement, je fis la promesse solennelle de rester.

La chère Rosette m'eût volontiers sauté au cou et embrassé sur la bouche pour cette complaisance; Alcibiade m'enferma la main dans sa grande main, et me secoua le bras si violemment qu'il faillit m'arracher l'épaule. La vieille, en réjouissance, huma une immense prise de tabac.

Cependant Rosette ne reprit pas complètement sa gaieté; l'idée que je pouvais m'en aller et que j'en avais le désir, idée qui ne s'était pas encore présentée nettement à son esprit, la jeta dans une profonde rêverie. Les couleurs que l'annonce de mon départ avait chassées de ses joues n'y revinrent pas aussi vives qu'auparavant; il lui resta de la pâleur sur la joue et de l'inquiétude au fond de l'âme.

Rosette avait le dessein de m'amener à quelque chose de décisif avant mon départ. Elle ne négligeait aucune des occasions qui se pouvaient présenter de me mettre dans une position à me prononcer nettement et à quitter ces manières évasives derrière lesquelles je me retranchais. Comme j'avais, de mon côté, l'intention d'éviter toute espèce de rencontre pareille à celle du pavillon rustique, et que je ne pouvais cependant pas, sans afficher un ridicule, affecter trop de froideur pour Rosette et mettre dans nos rapports une pruderie de petite fille, je ne savais trop quelle contenance faire, et je tâchais qu'il y eût toujours une personne tierce avec nous. Rosette, au contraire, faisait tout son possible pour se trouver seule avec moi. Cette résistance sourde l'attristait et la surprenait; par instants il lui survenait des doutes et des hésitations sur le pouvoir de ses charmes, et, se voyant si peu aimée, elle n'était quelquefois pas loin de croire qu'elle était laide. Alors elle redoublait de soins et de coquetterie. Elle essaya de tout : elle fut enjouée, mélancolique, tendre, passionnée, prévenante, coquette, minaudière même ; elle mit, les uns après les autres, tous ces adorables masques qui vont si bien aux femmes, qu'on ne sait plus si ce sont de véritables masques ou leurs figures réelles ; mais rien ne lui réussit, bien entendu.

Le peu de succès de tous ces stratagèmes la fit tomber dans une stupeur profonde.

Les jours s'écoulaient, et ses affaires n'avançaient pas ; elle en était visiblement affectée : une expression de tristesse inquiète avait remplacé le sourire toujours frais épanoui de ses lèvres ; ses joues, naguère si semblables à la pêche, n'en avaient conservé que l'imperceptible velouté.

Son amour-propre ne se révolta pas un instant de ce que je ne répondais pas à tant d'avances, car l'orgueil sort du cœur le jour où l'amour y entre ; et si jamais quelqu'un a été véritablement aimé, c'est moi par Rosette. Elle souffrait, mais sans plainte et sans aigreur, et elle n'attribuait qu'à elle le peu de succès de ses tentatives. Cependant sa pâleur augmentait chaque jour ; cela me désolait, mais, en bonne conscience, j'y pouvais moins que personne. Plus je lui parlais avec douceur et affection, plus j'avais avec elle des manières caressantes, plus j'enfonçais dans son cœur la flèche barbelée de l'amour impossible. Pour la consoler aujourd'hui, je lui préparais un désespoir futur bien plus grand ; mes remèdes empoisonnaient sa plaie tout en paraissant l'assoupir. J'aurais voulu, à cause de l'extrême amitié que j'avais pour elle, trouver les moyens de m'en faire haïr. On ne peut porter le désintéressement plus loin, car j'en eusse été à coup sûr très fâchée ; mais cela eût mieux valu.

Un soir je ne sais par quel hasard, je me trouvai seule dans la chambre verte avec la vieille dame ; elle avait en main quelque ouvrage de tapisserie. Se sentant un peu fatiguée, elle posa son ouvrage et se renversa dans son grand fauteuil ; elle me regardait très attentivement, et ses yeux gris pétillaient à travers ses lunettes avec une vivacité étrange. Je me taisais, de peur de la troubler dans ses pensées, et le silence dura quelques minutes ; elle le rompit enfin.

– Ce sont les vrais yeux de Henri, de mon cher Henri, le même regard humide et brillant, le même port de tête, la même physionomie douce et fière – on dirait que c'est lui. Vous m'avez fait bien du plaisir et bien de la peine, Théodore : plaisir, en me rappelant mon pauvre Henri ; peine, en me montrant combien grande est la perte que j'ai faite. Je ne puis me faire à cette idée que vous nous allez quitter ; il me semble que je perds mon Henri encore une fois.

Je lui dis que, s'il m'était réellement possible de rester plus longtemps, je le ferais avec plaisir, mais que mon séjour s'était déjà prolongé bien au-delà des bornes qu'il aurait dû avoir.

– Si fâchée que je sois de votre départ, monsieur Théodore, reprit-elle, poursuivant son idée, il y a ici quelqu'un qui le sera plus que moi. Je ne sais pas ce que nous ferons de Rosette quand vous serez parti : il est probable que de longtemps nous ne reverrons Mme Rosette de bonne humeur, car c'est vous maintenant qui faites la pluie et le beau temps sur ses joues. Son deuil va finir, et il serait vraiment fâcheux qu'elle déposât sa gaieté avec sa dernière robe noire. C'est une chose que vous pouvez empêcher sans vous donner beaucoup de peine, et que vous empêcherez sans doute, dit la vieille en appuyant beaucoup sur les derniers mots.

– Assurément, je ferai tout mon possible pour que votre chère nièce conserve sa belle gaieté, puisque vous me supposez une telle influence sur elle. Cependant je ne vois guère comment je m'y pourrai prendre.

– Oh ! vraiment vous ne voyez guère ! Je ne savais pas que vous eussiez la vue si courte. Rosette est libre ; elle a quatre-vingt mille livres de rente, et l'on trouve fort jolies des femmes deux fois plus laides qu'elle. Vous êtes jeune, bien fait, et, à ce que je pense, non marié ; la chose me paraît la plus simple du monde.

La bonne dame s'arrêta quelques instants pour voir l'effet que ses paroles produiraient sur moi, et je ne sais si elle dut être satisfaite de l'expression de ma figure. J'étais cruellement embarrassée et je ne savais que répondre. Je ne pouvais que refuser ; mais quels motifs valables donner d'un pareil refus ? Je n'en avais aucun, si ce n'est que j'étais femme : c'était, il est vrai, un excellent motif, mais précisément le seul que je ne voulusse pas alléguer.

Je ne pouvais guère me rejeter sur des parents féroces et ridicules; tous les parents du monde eussent accepté une pareille union avec ivresse. Rosette n'eût-elle pas été ce qu'elle était, bonne et belle, et de naissance, les quatre-vingt mille livres de rente eussent levé toute difficulté. Dire que je ne l'aimais pas, ce n'eût été ni vrai ni honnête, car je l'aimais réellement beaucoup, et plus qu'une femme n'aime une femme. J'étais trop jeune pour prétendre être engagée ailleurs; ce que je trouvais de mieux à faire, c'était de donner à entendre qu'étant cadet de famille les intérêts de la maison exigeaient que j'entrasse dans l'ordre de Malte, et ne me permettaient pas de songer au mariage; ce qui me faisait le plus grand chagrin du monde depuis que j'avais vu Rosette.

Cette réponse ne valait pas le diable, et je le sentais parfaitement. La vieille dame n'en fut pas dupe et ne la regarda point comme définitive; elle pensa que j'avais parlé ainsi pour me donner le temps de réfléchir et de consulter mes parents. En effet, une pareille union était tellement avantageuse et inespérée pour moi qu'il n'était pas possible que je la refusasse, même quand je n'eusse que peu ou point aimé Rosette; c'était une bonne fortune à ne point négliger.

Je ne sais pas si la tante me fit cette ouverture à l'instigation de la nièce, cependant je penche à croire que Rosette n'y était pour rien: elle m'aimait trop simplement et trop ardemment pour penser à autre chose que ma possession immédiate, et le mariage eût été assurément le dernier des moyens qu'elle eût employés.

Rosette fit, la nuit du même jour, une dernière tentative qui eut des résultats si graves qu'il faut que je t'en fasse un récit à part. Tu verras à quelles singulières aventures j'étais prédestinée, et comme le ciel m'avait taillée d'avance pour être une héroïne de roman ; je ne sais pas trop, par exemple, quelle moralité on pourra tirer de tout cela, mais les existences ne sont pas comme les fables, chaque chapitre n'a pas à la queue une sentence rimée. Bien souvent le sens de la vie est que ce n'est pas la mort. Voilà tout. Adieu, ma chère, je t'embrasse sur tes beaux yeux. Tu recevras incessamment la suite de ma triomphante biographie.

## XIII

Théodore, Rosalinde, car je ne sais de quel nom vous appeler, je viens de vous voir tout à l'heure, et je vous écris. Que je voudrais savoir votre nom de femme !

Ô Rosalinde ! je vous aime, je vous adore ; que n'est-il un mot plus fort que celui-là ! Je n'ai jamais aimé, je n'ai jamais adoré personne que vous ; je me prosterne, je m'anéantis devant vous, et je voudrais forcer toute la création à plier le genou devant mon idole ; vous êtes pour moi plus que toute la nature, plus que moi, plus que Dieu ; il me semble étrange que Dieu ne descende pas du ciel pour Se faire votre esclave.

Il n'y a guère que trois mois que je vous connais, mais je vous aime depuis bien longtemps. Avant de vous avoir vue, je languissais déjà d'amour pour vous ; je vous appelais, je vous cherchais, et je me désespérais de ne point vous rencontrer dans mon chemin, car je savais que je ne pourrais jamais aimer une autre femme.

Dès que je vous ai vue, quelque chose s'est déchiré en moi, un voile est tombé, une porte s'est ouverte ; j'ai compris que ma vie était devant moi, et que j'étais enfin arrivé au carrefour décisif. Mon tourment n'a pas été celui que je craignais, d'être perpétuellement en proie à une idée sur une roche stérile : mais je n'en ai pas moins souffert. J'avais vu qu'en effet vous existiez, que mes pressentiments ne m'avaient point menti sur ce point ; mais vous vous êtes présentée à moi avec la beauté ambiguë et terrible du sphinx.

Si vous saviez, sous mes apparences distraites, avec quelle attention haletante et inquiète je vous observais et vous suivais jusque dans vos moindres mouvements ! Rien ne m'échappait ; comme je regardais ardemment le peu qui paraissait de votre chair au cou ou aux poignets pour tâcher de constater votre sexe ! J'analysais les ondulations de votre marche, la manière dont vous posiez les pieds, dont vous releviez vos cheveux ; je cherchais à surprendre votre secret dans l'habitude de votre corps. Jamais personne n'a été couvé du regard aussi ardemment que vous.

Je m'oubliais dans cette contemplation pendant des heures entières. Retiré dans quelque coin du salon, ayant en main un livre que je ne lisais point, ou tapi derrière le rideau de ma chambre, lorsque vous étiez dans la vôtre et que les jalousies de votre fenêtre étaient levées, alors, bien pénétré de la beauté merveilleuse qui se répand autour de vous et vous fait comme une atmosphère lumineuse, je me disais : « Assurément, c'est une femme » ; puis tout à coup un mouvement brusque et hardi, un accent viril ou quelque façon cavalière détruisait dans une minute mon frêle édifice de probabilités, et me rejetait dans mes irrésolutions premières.

Je voguais à pleines voiles sur l'océan sans bornes

de la rêverie amoureuse, et vous veniez me chercher pour faire des armes; la jeune fille, transformée en jeune cavalier, me donnait de terribles coups de bâton et me faisait sauter le fleuret des mains aussi prestement et aussi lestement que le spadassin le mieux rompu à l'escrime; à chaque instant de la journée, c'était quelque désappointement pareil.

J'enrageais de voir les femmes vous parler, car cela me faisait croire que vous étiez un homme, et, l'eussiez-vous été, je ne l'aurais souffert qu'avec une peine extrême. Quand les hommes approchaient librement et familièrement, j'étais encore plus jaloux, parce que je songeais cela, que vous étiez une femme et qu'ils en avaient peut-être le soupçon comme moi; j'étais en proie aux passions les plus contraires, et je ne savais à quoi me fixer.

Je me colérais contre moi-même, je m'adressais les plus durs reproches d'être ainsi tourmenté par un semblable amour, et de n'avoir pas la force d'arracher de mon cœur cette plante vénéneuse qui y était poussée en une nuit comme un champignon empoisonné; je vous maudissais, je vous appelais mon mauvais génie; j'ai cru même un instant que vous étiez Belzébuth en personne, car je ne pouvais m'expliquer la sensation que j'éprouvais devant vous.

Maintenant, Rosalinde, j'ai la certitude profonde que vous êtes la plus belle des femmes; je vous ai vue dans le costume de votre sexe, j'ai vu vos épaules et vos bras si purs et si correctement arrondis. Je ne suis plus tourmenté de ce côté-là. Mais ce n'est pas tout: vous êtes femme, et mon amour n'est plus répréhensible, je puis m'y livrer sans remords et m'abandonner au flot qui m'emporte vers vous ; si grande, si effrénée que soit la passion que j'éprouve, elle est permise et je la puis avouer ; mais vous, Rosalinde, pour qui je brûlais en silence et qui ignoriez l'immensité de mon amour, vous que cette révélation tardive ne fera peut-être que surprendre, ne me haïssez-vous pas, m'aimez-vous, pourrez-vous m'aimer ? Je ne sais, et je tremble, et je suis plus malheureux encore qu'auparavant.

Par instants, il me semble que vous ne me haïssez pas ; quand nous avons joué *Comme il vous plaira*, vous avez donné à certaines parties de votre rôle un accent particulier qui en augmentait le sens, et m'engageait, en quelque sorte à me déclarer. J'ai cru voir dans vos yeux et dans votre sourire de gracieuses promesses d'indulgence et sentir votre main répondre à la pression de la mienne. Si je m'étais trompé, ô Dieu ! c'est une chose à quoi je n'ose pas réfléchir. Encouragé par tout cela et poussé par mon amour, je vous ai écrit, car l'habit que vous portez se prête mal à de tels aveux, et mille fois la parole s'est arrêtée sur mes lèvres ; bien que j'eusse l'idée et la ferme conviction que je parlais à une femme, ce costume viril effarouchait toutes mes tendres pensées amoureuses, et les empêchait de prendre leur vol vers vous.

Je vous en supplie, Rosalinde, si vous ne m'aimez pas encore, tâchez de m'aimer, moi qui vous ai aimée malgré tout, sous le voile dont vous vous enveloppez ; ne vouez pas le reste de ma vie au plus affreux désespoir et au plus morne découragement; songez que vous êtes le but, le moyen et le sens de ma vie; que, sans vous, je ne suis rien qu'une vaine apparence, et que, si vous soufflez sur cette flamme que vous avez allumée, il ne restera au fond de moi qu'une pincée de poussière plus fine et plus impalpable que celle qui saupoudre les propres ailes de la mort.

# XIV

J'étais à ma fenêtre, occupée à regarder les étoiles qui s'épanouissaient joyeusement aux parterres du ciel, et à respirer le parfum des belles-de-nuit que m'apportait une brise mourante. Le vent de la croisée ouverte avait éteint ma lampe, la dernière qui restât allumée dans le château. Rosette, ne voyant plus briller ma lampe, avait cru sans doute que j'étais couchée, et c'était ce qu'elle attendait pour risquer une dernière et désespérée tentative. Elle poussa si doucement la porte que je ne l'entendis pas entrer, et qu'elle était à deux pas de moi avant que je m'en fusse aperçue. Elle fut très étonnée de me voir encore levée ; mais, se remettant bientôt de sa surprise, elle vint à moi et me prit le bras en m'appelant deux fois par mon nom :

– Théodore, Théodore !

– Quoi ! vous, Rosette, ici, à cette heure !

– Est-ce un reproche, Théodore, que vous me faites là ? Oui, moi, Rosette, la belle dame ici, dans votre chambre à vous, non dans la mienne où je devrais être, à onze heures du soir et peut-être minuit, sans duègne, ni chaperon – cela est bien étonnant, n'est-ce pas ? J'en suis aussi surprise que vous, et je ne sais trop quelle explication vous en donner.

En disant cela, elle me passa un de ses bras autour du corps, et se laissa tomber sur le pied de mon lit de façon à m'entraîner avec elle.

– Rosette, lui dis-je en m'efforçant de me dégager, je m'en vais tâcher de rallumer la lumière ; rien n'est triste comme l'obscurité dans une chambre.

– Ce n'est pas la peine ; j'aime autant que vous ne voyiez pas ma rougeur ; je me sens les joues toutes brûlantes, car c'est à mourir de honte.

Elle se jeta la figure contre ma poitrine ; elle resta quelques minutes ainsi, comme suffoquée par son émotion.

Moi, pendant ce temps-là, je passais machinalement mes doigts dans les longues boucles de ses cheveux déroulés ; je cherchais dans ma cervelle quelque honnête échappatoire pour me tirer d'embarras, et je n'en trouvais point, car j'étais acculée dans mes derniers retranchements, et Rosette paraissait parfaitement décidée à ne pas sortir de la chambre comme elle y était entrée. Son habillement avait une désinvolture formidable, et qui ne promettait rien de bon. Je n'avais moi-même qu'une robe de chambre ouverte et qui eût fort mal défendu mon incognito, en sorte que j'étais on ne peut plus inquiète de l'issue de la bataille.

– Théodore, écoutez-moi, dit Rosette en se relevant. La démarche que je fais est étrange ; tout le monde me blâmerait de l'avoir faite. Mais vous allez partir bientôt, et je vous aime ! Je ne puis vous laisser ainsi sans m'être expliquée avec vous. Peut-être ne reviendrez-vous jamais ; peut-être est-ce la première et la dernière fois que je dois vous voir. Qui sait où vous irez ? Mais où que vous alliez, vous emporterez mon âme et ma vie avec vous. Si vous étiez resté, je n'en serais pas venue à cette extrémité. Le bonheur de vous contempler, de vous entendre, de vivre à côté de vous m'eût suffi : je n'eusse rien demandé de plus. J'aurais renfermé mon amour dans mon cœur ; vous auriez cru n'avoir en moi qu'une bonne et sincère amie ; mais cela ne peut pas être.

« J'étais calme, tranquille, presque heureuse avant de vous connaître. Vous arrivez beau, jeune, souriant, pareil à Phœbus le dieu charmant. Vous avez pour moi les soins les plus empressés, les plus délicates attentions. Une femme qui vous aurait d'abord mortellement haï aurait fini par vous aimer, et moi, je vous aimais dès l'instant où je vous avais vu. Pourquoi paraissiez-vous donc surpris, ayant été si aimable, d'être tant aimé ? N'est-ce pas une conséquence toute naturelle ? Quelle idée et quelle intention aviez-vous ? celle de me plaire, j'imagine, car je n'en puis supposer d'autre. Comment se fait-il donc que vous avez, en quelque sorte, l'air fâché d'y avoir si bien réussi ? Ai-je fait, sans le vouloir, quelque chose qui vous ait déplu ? Est-ce que vous ne me trouvez plus belle, ou avez-vous découvert en moi quelque défaut qui vous rebute ? Pourquoi maintenant me dédaignez-vous ? Auriez-vous eu par hasard cette cruauté d'allumer l'amour dans un cœur pour vous en faire ensuite un sujet de risée ? Ah ! ce ne pourrait être que l'amusement d'une âme affreuse, et je ne puis croire cela de vous, tout inexplicable que soit votre conduite envers moi. Quel mystère cache une pareille froideur ? Ô Théodore, qu'avez-vous contre moi ? Si l'amour que vous paraissiez avoir pour moi s'est envolé, le mien, hélas ! est resté, et je ne puis l'arracher de mon cœur. Ayez pitié de moi, Théodore, car je suis bien malheureuse. Faites du moins semblant de m'aimer un peu, et dites-moi quelques douces paroles ; cela ne vous coûtera pas beaucoup, à moins que vous n'ayez pour moi une insurmontable horreur...

En cet endroit pathétique de son discours, ses sanglots étouffèrent complètement sa voix. Tout ce qu'elle disait était on ne peut plus juste, et je n'avais rien de bon à répondre. Je me sentais coupable de m'être jouée ainsi du cœur d'une femme charmante, et j'en éprouvais le plus vif et le plus sincère remords du monde.

Voyant que je ne répondais rien, la chère enfant laissa tomber sa mante de batiste et ses pantoufles, et se glissa dans mon lit comme une couleuvre dans une jatte de lait. Ma situation était on ne peut plus critique, lorsque la porte tourna sur ses gonds et donna passage au chevalier Alcibiade en personne ; il tenait un bougeoir d'une main et son épée de l'autre.

Il alla droit au lit, dont il rejeta la couverture, et, mettant la lumière sous le nez de Rosette confondue, il lui dit d'un ton goguenard :

– Il paraît donc, ma très chère et très vertueuse sœur, qu'ayant jugé dans votre sagesse que le lit du seigneur Théodore était plus douillet que le vôtre vous êtes venue vous y coucher? Ah! monsieur le chevalier de Sérannes, vous avez fait les doux yeux à Mme notre sœur, et vous croyez qu'il n'en sera que cela. J'estime qu'il ne serait pas malsain de nous couper un peu la gorge, et, si vous aviez cette complaisance, je vous serais infiniment obligé.

Je ne pouvais me défendre d'une manière valable: les apparences étaient contre moi. Qui m'aurait crue, si j'avais dit, comme cela était en effet, que Rosette n'était venue dans ma chambre que malgré moi, et que, loin de chercher à lui plaire, je faisais tout mon possible pour la détourner de moi? Je n'avais qu'une chose à dire, je la dis.

– Seigneur Alcibiade, nous nous couperons tout ce que vous voudrez.

Pendant ce colloque, Rosette n'avait pas manqué de s'évanouir selon les plus saines règles du pathétique; j'allai à une coupe de cristal pleine d'eau où plongeait la queue d'une grosse rose blanche à moitié effeuillée, et je lui jetai quelques gouttes à la figure, ce qui la fit revenir à elle promptement.

Ne sachant trop quelle contenance tenir, elle fourra sa jolie tête sous la couverture, comme un oiseau qui s'arrange pour dormir.

M. le frère reprit le dialogue, et me dit d'un ton un peu plus doux:

– Il n'est pas absolument indispensable de nous couper la gorge sur-le-champ, c'est un moyen extrême qu'on est toujours à temps d'employer. Écoutez: Rosette est libre, vous aussi; son veuvage va finir, et la chose se trouve le mieux du monde.

Épousez-la ; elle n'aura pas besoin de retourner coucher chez elle, et moi, de cette façon-là, je serai dispensé de vous prendre pour fourreau de mon épée, ce qui ne serait agréable ni pour vous ni pour moi – que vous en semble ?

Je dus faire une horrible grimace, car ce qu'il me proposait était de toutes les choses du monde la plus inexécutable pour moi : j'aurais plutôt marché à quatre pattes contre le plafond comme les mouches, que de faire ce qu'il me demandait, et cependant la dernière proposition était plus agréable incontestablement que la première.

Il parut surpris que je n'acceptasse pas avec transport – et il répéta ce qu'il avait dit comme pour me donner le temps de répliquer.

– Votre alliance est on ne peut plus honorable pour moi. Cependant je ne puis que persister dans mon refus, et, puisque j'ai la liberté du choix entre le duel et le mariage, je préfère le duel. C'est un goût singulier, et que peu de gens auraient, mais c'est le mien.

Ici Rosette souffla le plus douloureux sanglot du monde, sortit sa tête de dessous l'oreiller, et l'y rentra aussitôt comme un limaçon dont on frappe les cornes, en voyant ma contenance impassible et délibérée.

– Ce n'est pas que je n'aime point Mme Rosette, je l'aime infiniment ; mais j'ai des raisons de ne point me marier, que vous-même trouveriez excellentes, s'il m'était possible de vous les dire. Au reste, les choses n'ont pas été aussi loin que l'on pourrait le croire d'après les apparences ; et la vertu de votre sœur est assurément la plus intacte et la plus nette du monde. Je lui devais ce témoignage. Maintenant, à quelle heure nous battons-nous, monsieur Alcibiade, et à quel endroit ?

– Ici, sur-le-champ ! cria Alcibiade, ivre de fureur.

– Y pensez-vous ? devant Rosette !

– Dégaine, misérable, ou je t'assassine, continua-t-il en brandissant son épée.

– Sortons au moins de la chambre.

– Si tu ne te mets pas en garde, je vais te clouer contre le mur comme une chauve-souris, mon beau Céladon, et tu auras beau battre de l'aile, tu ne te décrocheras pas, je t'en avertis.

Et il fondit sur moi l'épée haute.

Je tirai ma rapière, car il l'aurait fait comme il le disait, et je me contentai d'abord de parer les bottes qu'il me portait.

Rosette fit un effort surhumain pour venir se jeter entre nos épées, car les deux combattants lui étaient également chers ; mais ses forces la trahirent, et elle roula sans connaissance sur le pied du lit.

Nos fers étincelaient et faisaient le bruit d'une enclume. Alcibiade manqua deux ou trois fois de m'atteindre, et, si je n'eusse pas eu un excellent maître en fait d'armes, ma vie aurait couru le plus grand danger ; car il était d'une adresse étonnante et d'une force prodigieuse. Il épuisa toutes les ruses et les feintes de l'escrime pour me toucher. Enragé de ne pouvoir y parvenir, il se découvrit deux ou trois fois ; je n'en voulus pas profiter ; seulement j'étais indignée de la brutalité d'Alcibiade, et le sentiment de mon innocence parfaite augmentait encore cette indignation.

Enfin il me porta une botte si vive et si à fond que je ne pus la parer qu'à demi ; ma manche fut traversée, et je sentis le froid du fer sur mon bras ; mais je ne fus pas blessée. À cette vue, la colère me prit, et, au lieu de me défendre, j'attaquai à mon tour ; je ne songeai plus que c'était le frère de Rosette, et je fondis sur lui comme si c'eût été mon ennemi mortel. Je l'atteignis au côté : il fit « Ho ! » et tomba en arrière.

Je le crus mort, mais il n'était réellement que blessé, et sa chute provenait d'un faux pas qu'il avait fait en essayant de rompre. Je ne puis t'exprimer, Graciosa, la sensation que j'éprouvai ; certes, ce n'est pas une réflexion difficile à faire qu'en frappant de la chair avec une pointe fine et tranchante on y percera un trou, et qu'il en jaillira du sang. Cependant je tombai dans une stupeur profonde en voyant ruisseler des filets rouges sur le pourpoint d'Alcibiade. Il me sembla qu'il venait de m'arriver quelque chose d'inouï.

Ce qui était inouï, ce n'était pas, ainsi qu'il me paraissait, que du sang coulât d'une blessure, mais c'était que cette blessure eût été ouverte par moi, et qu'une jeune fille de mon âge (j'allais écrire un jeune homme, tant je suis bien entrée dans l'esprit de mon rôle) eût jeté sur le carreau un capitaine vigoureux, rompu à l'escrime comme l'était le seigneur Alcibiade.

J'étais véritablement dans un embarras cruel avec

la sœur évanouie, le frère que je croyais mort, et moi-même qui n'étais pas très loin d'être évanouie ou morte comme l'un ou comme l'autre. Je me pendis au cordon de la sonnette, et je carillonnai à réveiller des morts, tant que le ruban me resta à la main; et, laissant à Rosette pâmée et à Alcibiade éventré le soin d'expliquer les choses aux domestiques et à la vieille tante, j'allai droit à l'écurie.

L'air me remit sur-le-champ; je fis sortir mon cheval, je le sellai et je le bridai moi-même. Je montai sur ma bête, et je lui fis prendre le galop jusqu'à ce que j'eusse rejoint la grand-route de C***, où j'arrivai à la petite pointe du jour.

Ceci est l'histoire très fidèle et très circonstanciée de ma première bonne fortune et de mon premier duel.

## XV

Il était cinq heures du matin lorsque j'entrai dans la ville. Au pas de mon cheval, dont les fers sonnaient sur le pavé inégal et caillouteux, sortaient de chaque lucarne la grosse figure curieusement rouge et la gorge matinalement débraillée des Vénus de l'endroit, qui s'épuisaient en conjectures sur cette apparition insolite d'un voyageur dans C***, à une pareille heure et en pareil équipage, car j'étais très succinctement habillée et dans une tenue au moins suspecte. Je me fis indiquer une auberge par un petit polisson. Je me jetai sur un lit et je m'endormis profondément. Quand je me réveillai, il était trois heures après midi.

J'étais fort inquiète de la blessure d'Alcibiade; mais, quelques jours après, je fus complètement rassurée, car j'appris qu'elle n'avait pas eu de suites dangereuses, et qu'il était en pleine convalescence. Cela me soulagea d'un poids singulier, car cette idée d'avoir tué un homme me tourmentait étrangement, quoique ce fût en légitime défense et contre ma propre volonté. Je n'étais pas encore arrivée à cette sublime indifférence pour la vie des hommes où je suis parvenue depuis.

Je retrouvai à C*** plusieurs des jeunes gens avec qui nous avions fait route: cela me fit plaisir;

je me liai avec eux plus intimement, et ils me donnèrent accès dans plusieurs maisons agréables. J'étais parfaitement habituée à mes habits, et la vie plus rude et plus active que j'avais menée, les exercices violents auxquels je m'étais livrée m'avaient rendue deux fois plus robuste que je n'étais. Je suivais partout ces jeunes écervelés: je montais à cheval, je chassais, je faisais des orgies avec eux, car, petit à petit, je m'étais formée à boire, et j'embrassais assez délibérément les filles d'auberge. Bref, j'étais un jeune cavalier accompli et tout à fait conforme au dernier patron de la mode. Je me défis de certaines idées provinciales que j'avais sur la vertu et autres fadaises semblables; en revanche, je devins d'une si prodigieuse délicatesse sur le point d'honneur que je me battais en duel presque tous les jours: cela même était devenu une nécessité pour moi, une espèce d'exercice indispensable et sans lequel je me serais mal portée toute la journée.

J'eus bientôt une colossale renommée de bravoure, et il ne fallait rien de moins que cela pour arrêter les plaisanteries qu'eussent immanquablement fait naître ma figure imberbe et mon air efféminé. Mais trois ou quatre boutonnières de surplus que j'ouvris à des pourpoints me firent trouver l'air plus viril qu'à Mars en personne.

À travers toute cette dissipation apparente, dans cette vie gaspillée et jetée par les fenêtres, je ne laissais pas de suivre mon idée primitive, c'est-à-dire cette consciencieuse étude de l'homme et la solution du grand problème d'un amoureux parfait, problème un peu plus difficile à résoudre que celui de la pierre philosophale.

Il en est de certaines idées comme de l'horizon qui existe bien certainement, puisqu'on le voit en face de soi de quelque côté que l'on se tourne, mais qui fuit obstinément devant vous.

Plus j'avançais dans la connaissance de l'animal, plus je voyais à quel point la réalisation de mon désir était impossible, et combien ce que je demandais pour aimer heureusement était hors des conditions de sa nature. Je me convainquis que l'homme qui serait le plus sincèrement amoureux de moi trouverait le moyen, avec la meilleure volonté du monde, de me rendre la plus misérable des femmes, et pourtant j'avais déjà abandonné beaucoup de mes exigences de jeune fille. J'étais descendue des sublimes nuages, non pas tout à fait dans la rue et dans le ruisseau, mais sur une colline de moyenne hauteur, accessible, quoiqu'un peu escarpée.

La montée, il est vrai, était assez rude ; mais j'avais l'orgueil de croire que je valais bien la peine que l'on fît cet effort, et que je serais un dédommagement suffisant de la peine qu'on aurait prise. J'attendais, patiemment perchée sur mon sommet.

Voici quel était mon plan : sous mes habits virils j'aurais fait connaissance avec quelque jeune homme dont l'extérieur m'aurait plu ; j'aurais vécu familièrement avec lui ; par des questions adroites et de fausses confidences qui en auraient provoqué de vraies, je serais parvenue bientôt à une connaissance complète de ses sentiments et de ses pensées ; et, si je l'avais trouvé tel que je le souhaitais, j'aurais prétexté quelque voyage, je me serais tenue éloignée de lui trois ou quatre mois pour lui donner un peu le temps d'oublier mes traits ; puis j'aurais disposé les choses de manière à ce qu'il me rencontrât et me fît la cour ; et, s'il avait montré un amour vrai et fidèle, je me serais donnée à lui sans restriction et sans précaution : le titre de sa maîtresse m'eût paru honorable, et je ne lui en aurais pas demandé d'autre.

Mais assurément ce plan-là ne sera pas mis à exécution, car c'est le propre des plans que l'on a de n'être point exécutés.

Tant que je ne les avais vus que de loin et à travers mon désir, les hommes m'avaient paru beaux, et l'optique m'avait fait illusion. Maintenant je les trouve du dernier effroyable, et je ne comprends pas comment une femme peut admettre cela dans son lit. Quant à moi, le cœur me lèverait, et je ne pourrais m'y résoudre.

Comme leurs traits sont grossiers, ignobles, sans finesse, sans élégance ! quelles lignes heurtées et disgracieuses ! Les uns sont hâlés comme des pendus de six mois, hâves, osseux, poilus, avec de grands pieds à pont-levis, une sale moustache toujours pleine de victuaille et retroussée en croc sur les oreilles, les cheveux rudes comme des crins de balai, un menton terminé en hure de sanglier, des lèvres gercées et cuites par les liqueurs fortes, des yeux entourés de quatre ou cinq orbes noirs, un cou plein de veines tordues, de gros muscles et de cartilages saillants. Les autres sont matelassés de viande rouge, et poussent devant eux un ventre cerclé à grand-peine par leur ceinturon ; ils ouvrent en clignotant leur petit œil vert de mer enflammé de luxure, et ressemblent plutôt à des hippopotames en culotte qu'à des créatures humaines. Cela sent toujours le vin, ou l'eau-de-vie, ou le tabac, ou son odeur naturelle, qui est bien la pire de toutes. Quant à ceux dont la forme est un peu moins dégoûtante, ils ressemblent à des femmes mal réussies. Voilà tout.

Je n'avais pas remarqué tout cela. J'étais dans la vie comme dans un nuage. Je ne rêvais que héros accomplis, amants fidèles et respectueux, flammes dignes de l'autel, dévouements et sacrifices merveilleux, et j'aurais cru trouver tout cela dans le premier gredin qui m'aurait dit bonjour. Cependant ce premier et grossier enivrement ne dura guère ; d'étranges soupçons me prirent, et je n'eus pas de repos que je ne les eusse éclaircis.

Dans les premiers temps, l'horreur que j'avais pour les hommes était poussée au dernier degré d'exagération, et je les regardais comme d'épouvantables monstruosités. Leurs façons de penser, leur allure, et leur langage négligemment cynique, leur brutalité et leur dédain des femmes me choquaient et me révoltaient au dernier point.

J'avais peine d'abord à déguiser le mépris qu'ils m'inspiraient, mais peu à peu je m'accoutumai à leur manière de vivre. Je ne me sentais pas plus piquée des railleries qu'ils décochaient sur les femmes que si j'eusse moi-même été de leur sexe. J'en faisais au contraire de fort bonnes et dont le succès flattait étrangement mon orgueil ; assurément aucun de mes camarades n'allait aussi loin que moi en fait de sarcasmes et de plaisanteries sur cet objet. La parfaite connaissance du terrain me donnait un grand avantage. Car, bien que tout le mal que l'on dit des femmes soit toujours fondé par quelque point, il est néanmoins difficile aux hommes de garder le sang-froid nécessaire pour les bien railler, et il y a souvent bien de l'amour dans leurs invectives.

J'ai remarqué que ce sont les plus tendres et ceux qui avaient le plus le sentiment de la femme qui les traitaient plus mal que tous les autres et qui revenaient à ce sujet avec un acharnement tout particulier, comme s'ils leur eussent gardé une mortelle rancune de n'être point telles qu'ils les souhaitaient.

Ce que je demandais avant tout, ce n'était pas la beauté physique, c'était la beauté de l'âme, c'était de l'amour ; mais l'amour comme je le sens n'est peut-être pas dans les possibilités humaines. Et pourtant il me semble que j'aimerais ainsi et que je donnerais plus que je n'exige.

Quelle magnifique folie ! quelle prodigalité sublime !

Se livrer tout entier sans rien garder de soi, renoncer à sa possession et à son libre arbitre, remettre sa volonté entre les bras d'un autre, ne plus voir par ses yeux, ne plus entendre avec ses oreilles, n'être qu'un en deux corps, fondre et mêler ses âmes de façon à ne plus savoir si vous êtes vous ou l'autre, voir tout le monde et toute la création dans un seul être, être prêt, à toute heure, aux plus grands sacrifices et à l'abnégation la plus absolue ; se doubler en se donnant : voilà l'amour tel que je le conçois.

Si j'étais restée chez moi, sous les habits de mon sexe, à faire de la tapisserie derrière un carreau, dans l'embrasure d'une fenêtre, ce que j'ai cherché à travers le monde serait peut-être venu me trouver tout seul. L'amour est comme la fortune, il n'aime pas que l'on coure après lui.

C'est une chose qui vous leurre et vous trompe que de penser que toutes les aventures et tous les bonheurs n'existent qu'aux endroits où vous n'êtes pas, et c'est un mauvais calcul que de faire seller son cheval pour aller à la quête de son idéal. Beaucoup de gens font cette faute, bien d'autres encore la feront.

Je me figurais que le monde était plein de jeunes gens adorables, et que, sur les chemins, on rencontrait des populations d'Amadis et de Lancelot du Lac, et je fus fort étonnée que le monde s'occupât très peu de cette sublime recherche et se contentât de coucher avec la première catin venue. Je suis très punie de ma curiosité et de ma défiance. Je me suis blasée de la plus horrible manière possible, sans avoir joui. Chez moi, la connaissance a devancé l'usage. L'ignorance la plus complète vaudrait cent mille fois mieux, elle vous ferait au moins commettre beaucoup de sottises qui serviraient à vous instruire et à rectifier vos idées ; car, sous ce dégoût dont je parlais tout à l'heure il y a toujours un élément vivace et rebelle qui produit les plus étranges désordres : l'esprit est convaincu, le corps ne l'est pas, et ne veut point souscrire à ce dédain superbe. Le corps jeune et robuste s'agite et rue sous l'esprit comme un étalon vigoureux monté par un vieillard débile et que cependant il ne peut désarçonner.

Depuis que je vis avec les hommes, j'ai vu tant de femmes indignement trahies, tant de liaisons secrètes imprudemment divulguées, les plus pures amours traînées avec insouciance dans la boue, des jeunes gens courant chez d'affreuses courtisanes en sortant des bras des plus charmantes maîtresses, les intrigues les mieux établies rompues subitement et sans motif plausible qu'il ne m'est plus possible de me décider à prendre un amant.

Cependant le vœu secret de mon cœur est toujours d'en avoir un. La voix de la nature étouffe la voix de la raison. Je sens bien que je ne serai jamais heureuse si je n'aime pas et si je ne suis pas aimée : mais le malheur est que l'on ne peut avoir qu'un homme pour amant, et les hommes, s'ils ne sont pas des diables tout à fait, sont bien loin d'être des anges. Ils auraient beau se coller des plumes à l'omoplate et se mettre sur la tête une gloire de papier doré, je les connais trop pour m'y laisser tromper. Tous les beaux discours qu'ils me pourraient débiter n'y feraient rien. Je sais d'avance ce qu'ils vont dire. Je les ai vus étudier leurs rôles et les repasser avant d'entrer en scène ; je connais leurs principales tirades à effet et les endroits sur lesquels ils comptent.

En vérité, après cela, l'homme ne me tente pas beaucoup ; car il n'a pas la beauté comme la femme, la beauté, ce vêtement splendide qui dissimule si bien les imperfections de l'âme.

À défaut des vertus de l'âme, je voudrais au moins la perfection exquise de la forme. Mais tous les hommes que j'ai vus me semblent affreusement laids. Mon cheval est cent fois plus beau, et j'aurais moins de répugnance à l'embrasser que certains merveilleux qui se croient fort charmants.

Oh! que de fois j'ai souhaité être véritablement un homme comme je le paraissais! Que de femmes avec qui je me serais entendue, et dont le cœur aurait compris mon cœur!

Si j'avais été un jeune homme, comme j'eusse aimé Rosette! quelle adoration c'eût été! Nos âmes étaient vraiment faites l'une pour l'autre, deux perles destinées à se fondre ensemble et n'en plus faire qu'une seule! Il est dommage que notre amour fût totalement condamné à un platonisme indispensable!

Il m'est arrivé dernièrement une aventure.

J'allais dans une maison où se trouvait une charmante petite fille de quinze ans tout au plus: je n'ai jamais vu de plus adorable miniature. Elle était blonde, mais d'un blond si délicat et si transparent que les blondes ordinaires eussent paru auprès d'elle excessivement brunes et noires comme des taupes; ses yeux, d'un bleu pâle, avaient le regard le plus velouté et les paupières les plus soyeuses qu'il soit possible d'imaginer; et les molles rondeurs et les fossettes de ses joues avaient un charme d'ingénuité inexprimable. Toute sa chère petite personne me ravissait au-delà de toute expression, et je me plaisais singulièrement à la faire causer; elle disait mille délicieuses drôleries, tantôt avec une finesse d'intention extraordinaire, tantôt sans avoir l'air d'en comprendre la portée le moins du monde, ce qui en faisait quelque chose de mille fois plus attrayant. Je lui donnais des bonbons et des pastilles que je réservais exprès pour elle dans une boîte d'écaille blonde. Aussitôt que j'arrivais, elle courait à moi et tâtait mes poches pour voir si la bienheureuse bonbonnière s'y trouvait, je la faisais courir d'une main à l'autre, et cela faisait une petite bataille où elle finissait nécessairement par avoir le dessus et me dévaliser complètement.

Un jour, cependant, elle se contenta de me saluer d'un air très grave et ne vint pas, comme à son ordinaire, voir si la fontaine de sucreries coulait toujours dans ma poche; elle restait fièrement sur sa chaise toute droite et les coudes en arrière.

– Eh bien! Ninon, lui dis-je, est-ce que vous aimez le sel maintenant, ou avez-vous peur que les bonbons ne vous fassent tomber les dents?

Et, en disant cela, je frappai contre la boîte, qui rendait, sous ma veste, le son le plus mielleux et le plus sucré du monde.

L'instinct de la gourmandise fut un instant plus fort que sa résolution; elle avança la main et la retira aussitôt en disant:

– Je suis trop grande pour manger des bonbons!

La petite personne me regarda avec un air singulier, promena ses yeux autour d'elle, et, quand elle se fut bien assurée que l'on ne pouvait nous entendre, se pencha vers moi d'une façon mystérieuse, et me dit :

– J'ai un amoureux.

– Quel est le nom de ce glorieux personnage ? Arthur, je suppose, ou bien Henri.

C'étaient deux petits garçons avec lesquels elle avait l'habitude de jouer, et qu'elle appelait ses maris.

– Non, ni Arthur, ni Henri, dit-elle en fixant sur moi son œil clair et transparent. Monsieur Théodore, je veux bien vous le dire, mais il ne faudra en parler à personne.

Je lui promis le plus inviolable secret, car j'étais fort curieuse de savoir quel était ce galant personnage.

Rassurée par la parole d'honneur que je lui donnai de m'en taire soigneusement, elle quitta son fauteuil, vint se pencher au dos du mien, et me souffla très bas à l'oreille le nom du prince chéri.

Je restai confondue : c'était le chevalier de G***, un animal fangeux et indécrottable, avec un moral de maître d'école et un physique de tambour-major, l'homme le plus crapuleusement débauché qu'il fût possible de voir, un vrai satyre, moins les pieds de bouc et les oreilles pointues. Cela m'inspira des craintes sérieuses pour la chère Ninon, et je me promis d'y mettre bon ordre. Des personnes entrèrent, et la conversation en resta là.

Je me retirai dans un coin, et je cherchai dans ma tête les moyens d'empêcher que les choses n'allassent plus loin, car c'eût été un véritable meurtre qu'une aussi délicieuse créature échût à un drôle aussi fieffé.

La mère de la petite était une espèce de femme galante qui donnait à jouer et tenait un bureau d'esprit. On lisait chez elle de mauvais vers et l'on y perdait de bons écus; ce qui était une compensation. Elle aimait peu sa fille, qui était pour elle une manière d'extrait de baptême vivant qui la gênait dans la falsification de sa chronologie. L'enfant était donc assez négligée et laissée sans défense aux entreprises des gredins familiers de la maison. Cela me faisait de la peine, car c'était une charmante petite créature qui méritait assurément mieux, une perle de la plus belle eau perdue dans ce bourbier infect; cette idée me toucha au point que je résolus de la tirer à tout prix de cette affreuse maison.

La première chose à faire, c'était d'empêcher le chevalier de poursuivre sa pointe. Ce que je trouvai de mieux et de plus simple, ce fut de lui chercher querelle et de le faire battre avec moi, et j'eus toutes les peines du monde, car il est poltron au possible et craint les coups plus que qui que ce soit au monde.

Enfin je lui en dis tant et de si piquantes qu'il fallut bien qu'il se décidât à venir sur le pré, quoique fort à contrecœur. Il savait pourtant assez bien tirer l'épée, mais la peur le troublait tellement qu'à peine les fers croisés je trouvai le moyen de lui administrer un joli petit coup de pointe qui le mit pour quinze jours au lit. Cela me suffisait; je n'avais pas envie de le tuer, et j'aimais autant le laisser vivre pour qu'il fût pendu plus tard, soin touchant dont il aurait dû me savoir plus de gré! Mon drôle étendu entre deux draps et dûment ficelé de bandelettes, il n'y avait plus qu'à décider la petite à quitter la maison, ce qui n'était pas excessivement difficile.

Je lui fis un conte sur la disparition de son amoureux, dont elle s'inquiétait extraordinairement. Je lui dis qu'il s'en était allé avec une comédienne de la troupe qui était alors à C***: ce qui l'indigna, comme tu peux croire. Mais je la consolai en lui disant toute sorte de mal du chevalier, qui était laid, ivrogne et déjà vieux, et je finis par lui demander si elle n'aimerait pas mieux que je fusse son galant. Elle répondit qu'elle le voulait bien, parce que j'étais plus beau, et que mes habits étaient neufs. Cette naïveté, dite avec un sérieux énorme, me fit rire jusqu'aux larmes. Je montai la tête de la petite, et fis si bien que je la décidai à quitter la maison.

Je fis faire un costume de page très élégant et très riche à peu près à sa taille, car je ne pouvais l'emmener dans ses habits de fille, à moins de me remettre moi-même en femme, ce que je ne voulais pas faire.

J'achetai un petit cheval doux et facile à monter. Puis je dis à la belle de tâcher de descendre à la brune sur la porte, et que je l'y prendrais: ce qu'elle exécuta très ponctuellement. Je la trouvai qui se tenait en faction derrière le battant entrebâillé. Je passai fort près de la maison; elle sortit, je lui tendis la main, elle appuya son pied sur la pointe du mien, et sauta fort lestement en croupe, car elle était d'une agilité merveilleuse. Je piquai mon cheval, et, par sept ou huit ruelles détournées et désertes, je trouvai moyen de revenir chez moi sans que personne nous vît.

Je lui fis quitter ses habits pour mettre son travestissement, et je lui servis moi-même de femme de chambre.

Son costume lui allait on ne peut mieux. Il lui donnait un petit air mutin très curieux et très récréatif, et qui la fit rire aux éclats quand je lui présentai le miroir pour qu'elle jugeât de l'effet de sa toilette. Je lui fis ensuite manger quelques biscuits trempés dans du vin d'Espagne, afin de lui donner du courage et de lui faire mieux supporter la fatigue de la route.

Les chevaux nous attendaient tout sellés dans la cour ; elle monta assez délibérément sur le sien, j'enfourchai l'autre, et nous partîmes. La nuit était complètement tombée.

Le lendemain matin, nous étions assez loin pour que l'on ne pût nous rattraper.

Je m'attachai singulièrement à la petite belle. Ninon couchait dans mon lit, et passait pour dormir ses petits bras autour de mon corps ; elle se croyait très sérieusement ma maîtresse, et ne doutait pas que je ne fusse un homme ; sa grande jeunesse et son extrême innocence l'entretenaient dans cette erreur que j'avais garde de dissiper. Les baisers que je lui donnais complétaient parfaitement son illusion, car son idée n'allait pas encore au-delà, et ses désirs ne parlaient pas assez haut pour lui faire soupçonner autre chose. Au reste, elle ne se trompait qu'à demi.

Et, réellement, il y avait entre elle et moi la même différence qu'il y a entre moi et les hommes.

Elle était si diaphane, si svelte, si légère, d'une nature si délicate qu'elle est une femme même pour moi qui suis femme, et qui aï l'air d'un Hercule à côté d'elle. Je suis grande et brune, elle est petite et blonde; ses traits sont tellement doux qu'ils font paraître les miens presque durs et austères, et sa voix est un gazouillement si mélodieux que ma voix semble dure près de la sienne. Un homme qui l'aurait la briserait en morceaux, et j'ai toujours peur que le vent ne l'emporte quelque beau matin. C'est bien la plus adorable créature qui soit, et il eût été vraiment dommage qu'elle fût restée avec son indigne mère. Je mettais une joie maligne à dérober ainsi ce trésor à la rapacité des hommes. J'étais le griffon qui empêchait d'en approcher, et, si je n'en jouissais pas moi-même, au moins personne n'en jouissait: idée toujours consolante, quoi qu'en puissent dire tous les sots détracteurs de l'égoïsme.

Je me proposais de la conserver aussi longtemps que possible dans l'ignorance où elle était, et de la garder auprès de moi jusqu'à ce qu'elle ne voulût plus y rester ou que j'eusse trouvé à lui assurer un sort.

Sous son costume de petit garçon, je l'emmenais dans tous mes voyages, à droite et à gauche; ce genre de vie lui plaisait singulièrement, et l'agrément qu'elle y prenait l'aidait à en supporter les fatigues. Partout on me complimentait sur l'exquise beauté de mon page.

Tous les jours je découvrais dans cette aimable enfant quelque nouvelle qualité qui me la faisait chérir davantage et m'applaudir de la résolution que j'avais prise. Assurément les hommes n'étaient pas dignes de la posséder.

Une femme seule pouvait l'aimer assez délicatement et assez tendrement. Un côté de mon caractère, qui n'eût pu se développer dans une autre liaison et qui se mit tout à fait au jour dans celle-ci, c'est le besoin et l'envie de protéger, ce qui est habituellement l'affaire des hommes. Je me sentais contente de rendre à ma chère petite tous les soins que j'eusse dû aimer à recevoir, comme de l'aider dans les chemins difficiles, de lui tenir la bride et l'étrier, de la servir à table, de la déshabiller et de la mettre au lit, de la défendre si quelqu'un l'insultait, enfin de faire pour elle tout ce que l'amant le plus passionné et le plus attentif fait pour une maîtresse adorée.

Je perdais insensiblement l'idée de mon sexe, et je me souvenais à peine, de loin en loin, que j'étais femme. S'il me reprend jamais fantaisie d'aller chercher mes jupes dans le tiroir où je les ai laissées, ce dont je doute fort, à moins que je ne devienne amoureuse de quelque jeune beau, au lieu d'une femme déguisée en homme, j'aurai l'air d'un homme déguisé en femme. En vérité, ni l'un ni l'autre de ces deux sexes n'est le mien; je n'ai ni la soumission imbécile, ni la timidité, ni les petitesses de la femme; je n'ai pas les vices des hommes, leur dégoûtante crapule et leurs penchants brutaux: je suis d'un troisième sexe à part qui n'a pas encore de nom: j'ai le corps et l'âme d'une femme, l'esprit et la force d'un homme, et j'ai trop ou pas assez de l'un et de l'autre pour me pouvoir accoupler avec l'un d'eux.

Ô Graciosa ! je ne pourrai jamais aimer complètement personne ni homme ni femme ; quelque chose d'inassouvi gronde toujours en moi, et l'amant ou l'amie ne répond qu'à une seule face de mon caractère.

Ma chimère serait d'avoir tour à tour les deux sexes pour satisfaire à cette double nature : homme aujourd'hui, femme demain, je réserverais pour mes amants mes tendresses langoureuses, mes façons soumises et dévouées, tout ce qui tient dans mon caractère du chat et de la femme ; puis, avec mes maîtresses, je serais entreprenant, hardi, passionné, avec les manières triomphantes, le chapeau sur l'oreille, une tournure de capitan et d'aventurier. Ma nature se produirait ainsi tout entière au jour, et je serais parfaitement heureuse, car le vrai bonheur est de se pouvoir développer librement en tous sens et d'être tout ce qu'on peut être.

Mais ce sont là des choses impossibles, et il n'y faut pas songer.

J'ai oublié de te dire que Rosette, ayant découvert où j'étais allée, m'avait écrit la lettre la plus suppliante pour que je l'allasse voir ; je ne pus le lui refuser, et j'allai la rejoindre à la campagne où elle était. Rosette, désespérée de ne pas m'avoir eue pour amant, s'était jetée dans le tourbillon du monde et dans la dissipation, comme toutes les âmes tendres qui ne sont pas religieuses et qui ont été froissées dans leur premier amour.

Elle avait avec elle un jeune homme nommé d'Albert, qui était pour lors son galant en pied. Je parus lui faire une impression toute particulière, et il se prit tout d'abord pour moi d'une amitié fort vive. Quoiqu'il la traitât avec beaucoup d'égards, et qu'il eût avec elle des manières assez tendres, au fond il n'aimait pas Rosette, non par satiété ni par dégoût, mais plutôt parce qu'elle ne répondait pas à certaines idées, vraies ou fausses, qu'il s'était faites de l'amour et de la beauté. Un nuage idéal s'interposait entre elle et lui, et l'empêchait d'être heureux comme il aurait dû l'être sans cela. Évidemment, son rêve n'était pas accompli, et il soupirait après autre chose. Mais il ne cherchait pas et restait fidèle à des liens qui lui pesaient ; car il a dans l'âme un peu plus de délicatesse et d'honneur que n'en ont la plupart des hommes, et son cœur est bien loin d'être aussi corrompu que son esprit. Ne sachant pas que Rosette n'avait jamais été amoureuse que de moi, et l'était encore, il craignait de l'affliger en lui laissant voir qu'il ne l'aimait pas : cette considération le retenait, et il se sacrifiait le plus généreusement du monde.

Le caractère de mes traits lui plut extraordinairement, car il attache une importance extrême à la forme extérieure, tant et si bien qu'il devint amoureux de moi, malgré mes habits d'homme et la formidable rapière que je porte au côté. J'avoue que je lui sus bon gré de la finesse de son instinct, et que j'eus pour lui quelque estime de m'avoir distinguée sous ces trompeuses apparences. Dans le commencement, il se crut pourvu d'un goût beaucoup plus dépravé qu'il ne l'était en effet, et je riais intérieurement de le voir se tourmenter ainsi. Il avait quelquefois, en m'abordant, des mines effarouchées qui me divertissaient on ne peut plus, et le penchant bien naturel qui l'entraînait vers moi lui paraissait une impulsion diabolique.

En ces occasions, il se rejetait sur Rosette avec furie, et s'efforçait de reprendre des habitudes d'amour plus orthodoxes; puis il revenait à moi comme de raison, plus enflammé qu'auparavant. Puis cette lumineuse idée que je pouvais bien être une femme se glissa dans son esprit. Pour s'en convaincre, il se mit à m'observer et à m'étudier avec l'attention la plus minutieuse; il doit connaître particulièrement chacun de mes cheveux et savoir au juste combien j'ai de cils aux paupières; mes pieds, mes mains, mon cou, mes joues, le moindre duvet au coin de ma lèvre, il a tout examiné, tout comparé, tout analysé, et de cette investigation il est ressorti, clair comme le jour (quand il est clair), que j'étais bien et dûment une femme, et de plus son idéal – merveilleuse découverte!

Une comédie que nous jouâmes et dans laquelle je parus en femme le décida complètement. Je lui fis quelques œillades équivoques, et je me servis de quelques passages de mon rôle, analogues à notre situation, pour l'enhardir et le pousser à se déclarer Car, si je ne l'aimais pas avec passion, il me plaisait assez pour ne point le laisser sécher d'amour sur pied; et comme il avait le premier soupçonné que j'étais femme, il était bien juste que je l'éclairasse sur ce point important, et j'étais résolue à ne pas lui laisser l'ombre du doute.

Il vint plusieurs fois dans ma chambre avec sa déclaration sur les lèvres, mais il n'osa pas la débiter; car, effectivement, il est difficile de parler d'amour à quelqu'un qui a les mêmes habits que vous et qui essaye des bottes à l'écuyère. Enfin, ne pouvant prendre cela sur lui, il m'écrivit une longue lettre, où il m'expliquait fort au long ce que je savais mieux que lui.

Je ne sais trop ce que je dois faire. Admettre sa requête ou la rejeter – ce serait immodérément vertueux; d'ailleurs, il aurait un trop grand chagrin de se voir refuser: si nous rendons malheureux les gens qui nous aiment, que ferons-nous donc à ceux qui nous haïssent? Puisque je suis résolue à lui céder, autant vaut tout de suite que plus tard; je ne conçois pas trop ces belles résistances mathématiquement graduées qui abandonnent une main aujourd'hui, demain l'autre, puis le pied, puis la jambe et le genou jusqu'à la jarretière exclusivement, et ces vertus intraitables toujours prêtes à se pendre à la sonnette, si l'on dépasse d'une ligne le terrain qu'elles ont résolu de laisser prendre ce jour-là – cela me fait rire de voir ces Lucrèces méthodiques qui marchent à reculons avec les signes du plus virginal effroi, et jettent de temps en temps un regard furtif pardessus leur épaule pour s'assurer si le sofa où elles doivent tomber est bien directement derrière elles. C'est un soin que je ne saurais prendre.

Je n'aime pas d'Albert, du moins dans le sens que je donne à ce mot, mais j'ai certainement du goût et du penchant pour lui; son esprit me plaît et sa personne ne me rebute pas: il n'est pas beaucoup de gens dont je puisse en dire autant. Il n'a pas tout, mais il a quelque chose; ce qui me plaît en lui, c'est qu'il ne cherche pas à s'assouvir brutalement comme les autres hommes; il a une perpétuelle aspiration et un souffle toujours soutenu vers le beau.

Et puis, s'il faut que je te le dise, je suis possédée des plus violents désirs; car l'habit que je porte, en m'engageant dans toute sorte d'aventures avec les femmes, me protège trop parfaitement contre les entreprises des hommes. Pour que ma chair n'ait pas à faire la fière devant mon âme, je veux la souiller également, si toutefois c'est une souillure plus que de boire et de manger – ce dont je doute.

C'est donc d'Albert qui me donnera ma première leçon d'amour: il ne s'agit plus maintenant que d'amener la chose d'une façon toute poétique. J'ai envie de ne pas répondre à sa lettre et de lui faire froide mine pendant quelques jours. Quand je le verrai bien triste et bien désespéré, invectivant les dieux, montrant le poing à la création, et regardant les puits pour voir s'ils ne sont pas trop profonds pour s'y jeter, je me retirerai comme Peau-d'Âne au fond du corridor, et je mettrai ma robe couleur du temps, c'est-à-dire mon costume de Rosalinde; car ma garde-robe féminine est très restreinte. Puis j'irai chez lui, radieuse comme un paon qui fait la roue, montrant avec ostentation ce que je dissimule ordinairement avec le plus grand soin. D'Albert fera le reste, et j'espère que, le lendemain matin, je saurai à quoi m'en tenir sur toutes ces belles choses qui me troublent la cervelle depuis si longtemps. En contentant ma curiosité, j'aurai de plus le plaisir d'avoir fait un heureux.

Je me propose aussi d'aller rendre à Rosette une visite dans le même costume, et de lui faire voir que, si je n'ai pas répondu à son amour, ce n'était ni par froideur ni par dégoût. Je ne veux pas qu'elle garde de moi cette mauvaise opinion, et elle mérite, aussi bien que d'Albert, que je trahisse mon incognito en sa faveur. Quelle mine fera-t-elle à cette révélation ? Son orgueil en sera consolé, mais son amour en gémira.

Adieu, toute belle et toute bonne ; prie le bon Dieu que le plaisir ne me paraisse pas aussi peu de chose que ceux qui le dispensent. J'ai plaisanté tout le long de cette lettre, et cependant ce que je vais essayer est une chose grave et dont le reste de ma vie se peut ressentir.

## XVI

Il y avait déjà plus de quinze jours que d'Albert avait déposé son épître amoureuse sur la table de Théodore, et cependant rien ne semblait changé dans les manières de celui-ci. D'Albert ne savait à quoi attribuer ce silence.

Est-ce que Théodore était réellement un homme et non point une femme, comme d'Albert se l'était imaginé ? ou, dans le cas qu'elle fût femme, avait-elle pour lui un sentiment d'aversion si prononcé, un mépris tel qu'elle ne daignât pas même prendre la peine de lui faire une réponse ? Le pauvre jeune homme, qui n'avait pas eu, comme nous, l'avantage de fouiller dans le portefeuille de Graciosa, la confidente de la belle Maupin, n'était en état de décider affirmativement ou négativement aucune de ces importantes questions, et il flottait tristement dans les plus misérables irrésolutions.

Un soir, il était dans sa chambre, le front mélancoliquement appuyé contre la vitre, et il regardait, sans les voir, les marronniers du parc déjà tout effeuillés et tout rougis.

Il songeait à se jeter dans la rivière, mais l'eau lui semblait bien noire et bien froide ; à se brûler la cervelle, mais il n'avait ni pistolet ni poudre, et il eût été fâché d'en avoir ; à prendre une nouvelle maîtresse et même à en prendre deux, résolution sinistre ! mais il ne connaissait personne qui lui convînt ou même qui ne lui convînt pas.

Il en était là de sa méditation, lorsqu'il sentit se poser sur son épaule… une main, pareille à une petite colombe qui descend sur un palmier. La comparaison cloche un peu en ce que l'épaule de d'Albert ressemble assez légèrement à un palmier ; c'est égal, nous la conservons par pur orientalisme.

La main était emmanchée au bout d'un bras qui répondait à une épaule faisant partie d'un corps, lequel n'était autre chose que Théodore-Rosalinde, Mlle d'Aubigny, ou Madeleine de Maupin, pour l'appeler de son véritable nom.

Qui fut étonné ? Ce n'est ni moi ni vous, car vous et moi nous étions préparés de longue main à cette visite ; ce fut d'Albert qui ne s'y attendait pas le moins du monde. Il fit un petit cri de surprise tenant le milieu entre « oh ! » et « ah ! » Cependant j'ai les meilleures raisons de croire qu'il tenait plus de « ah ! » que de « oh ! »

C'était bien Rosalinde, si belle et si radieuse qu'elle éclairait toute la chambre, avec ses cordons de perles dans les cheveux, sa robe prismatique, ses grands jabots de dentelle, ses souliers à talons rouges, son bel éventail de plumes de paon, telle enfin qu'elle était le jour de la représentation.

– Eh bien ! Orlando, est-ce que vous ne reconnaissez pas votre Rosalinde ? dit la belle avec le plus charmant sourire.

En disant ces mots, la belle infante s'avança vers

le dolent amoureux, et lui jeta ses beaux bras autour du cou. D'Albert l'embrassa avec effusion sur les deux joues et sur la bouche. Ce dernier baiser dura plus longtemps que les autres, et aurait pu compter pour quatre. Rosalinde vit que tout ce qu'elle avait fait jusqu'alors n'était que pur enfantillage.

Passant ses doigts dans ses cheveux elle lui dit :

– Toutes mes cruautés sont épuisées, mon doux ami. J'aurais pu, comme une autre, vous marchander longtemps et vous donner en détail ce que je vous accorde librement et en une fois ; mais je ne pense pas que vous m'en eussiez aimée l'épaisseur d'un seul cheveu de plus. Je ne vous demande ni serment d'amour éternel, ni protestation exagérée. Aimez-moi tant que le bon Dieu voudra. J'en ferai autant de mon côté. Je ne vous appellerai pas *perfide* et *misérable*, quand vous ne m'aimerez plus. Vous aurez aussi la bonté de m'épargner les titres odieux correspondants, s'il m'arrive de vous quitter. Je ne serai qu'une femme qui aura cessé de vous aimer – rien de plus. Il n'est pas nécessaire de se haïr toute la vie, à cause que l'on a couché une nuit ou deux ensemble. Quoi qu'il arrive, je vous jure, et ceci est une promesse que l'on peut tenir, de garder toujours un charmant souvenir de vous, et, si je ne suis plus votre maîtresse, d'être votre amie comme j'ai été votre camarade. J'ai quitté pour vous cette nuit mes habits d'homme ; je les reprendrai demain matin pour tous. Songez que je ne suis Rosalinde que la nuit, et que tout le jour je ne suis et ne peux être que Théodore de Sérannes...

La phrase qu'elle allait prononcer s'éteignit dans un baiser auquel en succédèrent beaucoup d'autres, que l'on ne comptait plus et dont nous ne ferons pas le catalogue exact, parce que cela serait assurément un peu long et peut-être fort immoral – pour certaines gens – car, pour nous, nous ne trouvons rien de plus moral et de plus sacré sous le ciel que les caresses de l'homme et de la femme, quand tous deux sont beaux et jeunes.

Comme les instances de d'Albert devenaient plus tendres et plus vives, au lieu de s'épanouir et de rayonner, la belle figure de Théodore prit l'expression de fière mélancolie qui donna quelque inquiétude à son amant.

– Pourquoi, ma chère souveraine, avez-vous l'air chaste et sérieux d'une Diane antique, là où il faudrait plutôt les lèvres souriantes de Vénus sortant de la mer ?

– Voyez-vous, d'Albert, c'est que je ressemble plus à Diane chasseresse qu'à toute autre chose. J'ai pris fort jeune cet habit d'homme pour des raisons qu'il serait long et inutile de vous dire. Vous avez seul deviné mon sexe, et, si j'ai fait des conquêtes, ce n'a été que de femmes, conquêtes fort superflues et dont j'ai été plus d'une fois embarrassée. En un mot, quoique ce soit une chose incroyable et ridicule, je suis vierge, vierge comme la neige de l'Himalaya, et je suis grave ainsi que toute personne qui va faire une chose sur laquelle on ne peut revenir. Vous devez me trouver bien gauche et bien froide, mon pauvre d'Albert ; mais je ne sais guère comment l'on s'y prend; vous aurez beaucoup à faire pour m'instruire, et réellement je vous charge là d'une occupation très pénible.

D'Albert fit la réponse la plus simple: il ne répondit pas, et, l'étreignant dans ses bras avec une nouvelle passion, il couvrit de baisers ses épaules et sa poitrine nues. Les cheveux de l'infante à demi pâmée se dénouèrent, et sa robe tomba sur ses pieds comme par enchantement. Elle demeura tout debout comme une blanche apparition avec une simple chemise de la toile la plus transparente.

D'Albert, ébloui, la contemplait avec ravissement. Le jeune enthousiaste de la beauté ne pouvait rassasier ses yeux d'un pareil spectacle: nous devons dire, à la louange immense de Rosalinde, que cette fois la réalité fut au-dessus de son rêve, et qu'il n'éprouva pas la plus légère déception.

Tout était réuni dans le beau corps qui posait devant lui: délicatesse et force, forme et couleur, les lignes d'une statue grecque du meilleur temps et le ton d'un Titien.

Le peintre satisfait, l'amant reprit le dessus; car, quelque amour de l'art qu'on ait, il est des choses qu'on ne peut pas longtemps se contenter de regarder. Il enleva la belle dans ses bras et la porta au lit.

Rosalinde avait de prodigieuses dispositions, et fit en cette nuit seule des progrès énormes. Cette naïveté de corps qui s'étonnait de tout et cette rouerie d'esprit qui ne s'étonnait de rien formaient le plus piquant et le plus adorable contraste. D'Albert était ravi, éperdu, transporté, et aurait voulu que cette nuit durât quarante-huit heures. Cependant, vers le matin, il fut obligé de prendre un peu de repos. Sa tête s'affaissa, et il s'endormit entre les deux seins de sa belle maîtresse. Celle-ci le considéra quelque temps avec un air de mélancolique et profonde réflexion ; puis, comme l'aube jetait ses rayons blanchâtres à travers les rideaux, elle le souleva doucement, le reposa à côté d'elle, se dressa, et passa légèrement sur son corps.

Elle fut à ses habits et se rajusta à la hâte, puis revint au lit, se pencha sur d'Albert, qui dormait encore, et baisa ses deux yeux sur leurs cils soyeux et longs. Cela fait, elle se retira à reculons en le regardant toujours.

Au lieu de retourner dans sa chambre, elle entra chez Rosette. Ce qu'elle y dit, ce qu'elle y fit, je n'ai jamais pu le savoir, quoique j'aie fait les plus consciencieuses recherches. Je n'ai trouvé ni dans les papiers de Graciosa, ni dans ceux de d'Albert ou de Silvio, rien qui eût rapport à cette visite. Seulement une femme de chambre de Rosette m'apprit cette circonstance singulière : elle me montra deux perles, parfaitement semblables à celles que Théodore portait dans ses cheveux en jouant le rôle de Rosalinde. Elle les avait trouvées dans le lit en le faisant. Je livre cette remarque à la sagacité du lecteur, et je le laisse libre d'en tirer toutes les inductions qu'il voudra ; quant à moi, j'ai fait là-dessus mille conjectures, toutes plus déraisonnables les unes que les autres, et si saugrenues que je n'ose véritablement les écrire, même dans le style le plus honnêtement périphrasé.

Il était bien midi lorsque Théodore sortit de la chambre de Rosette. Il ne parut pas au dîner ni au souper. D'Albert et Rosette n'en semblèrent point surpris. Il se coucha de fort bonne heure, et le lendemain matin, dès qu'il fit jour, sans prévenir personne, il sella son cheval et celui de son page, et sortit du château en disant à un laquais qu'on ne l'attendît pas au dîner, et qu'il ne reviendrait peut-être point de quelques jours.

D'Albert et Rosette étaient on ne peut plus étonnés, et ne savaient à quoi attribuer cette étrange disparition, d'Albert surtout qui, par les prouesses de sa première nuit, croyait bien en avoir mérité une seconde. Sur la fin de la semaine, le malheureux amant désappointé reçut une lettre de Théodore, que nous allons transcrire. J'ai bien peur qu'elle ne satisfasse ni mes lecteurs ni mes lectrices ; mais, en vérité, la lettre était ainsi et pas autrement, et ce glorieux roman n'aura pas d'autre conclusion.

## XVII

Vous êtes sans doute très surpris, mon cher d'Albert, de ce que je viens de faire après ce que j'ai fait. Je vous le permets, il y a de quoi. Parions que vous m'avez déjà donné au moins vingt de ces épithètes que nous étions convenus de rayer de votre vocabulaire : *perfide, inconstante, scélérate* – n'est-ce pas ? Au moins, vous ne m'appellerez pas *cruelle* ou *vertueuse*, c'est toujours cela de gagné. Vous me maudissez, et vous avez tort. Vous aviez envie de moi, vous m'aimiez, j'étais votre idéal – fort bien. Je vous ai accordé sur-le-champ ce que vous demandiez. J'ai servi de corps à votre rêve le plus complaisamment du monde. Je vous ai donné ce que je ne donnerai assurément plus à personne, surprise sur laquelle vous ne comptiez guère et dont vous devriez me savoir plus de gré. Maintenant que je vous ai satisfait, il me plaît de m'en aller. Qu'y a-t-il de si monstrueux ?

Vous m'avez eue entièrement et sans réserve toute une nuit – que voulez-vous de plus ? Une autre nuit, et puis encore une autre ; vous vous accommoderiez même des jours au besoin. Vous continueriez ainsi jusqu'à ce que vous fussiez dégoûté de moi. Je vous entends d'ici vous écrier très galamment que je ne suis pas de celles dont on se dégoûte. Mon Dieu ! de moi comme des autres.

Cela durerait six mois, deux ans, dix ans même, si vous voulez, mais il faut toujours que tout finisse. Vous me garderiez par une espèce de sentiment de convenance, ou parce que vous n'auriez pas le courage de me signifier mon congé. À quoi bon attendre d'en venir là ?

Et puis, ce serait peut-être moi qui cesserais de vous aimer. Je vous ai trouvé charmant ; peut-être, à force de vous voir, vous eussé-je trouvé détestable. Pardonnez-moi cette supposition. En vivant avec vous dans une grande intimité, j'aurais sans doute eu l'occasion de vous voir en bonnet de coton ou dans quelque situation domestique ridicule et bouffonne. Vous auriez nécessairement perdu ce côté romanesque et mystérieux qui me séduit sur toutes choses, et votre caractère, mieux compris, ne m'eût plus paru si étrange. Je me serais moins occupée de vous en vous ayant auprès de moi, à peu près comme on fait de ces livres qu'on n'ouvre jamais parce qu'on les a dans sa bibliothèque. Votre nez ou votre esprit ne m'aurait plus semblé à beaucoup près aussi bien tourné ; je me serais aperçue que votre habit vous allait mal et que vos bas étaient mal tirés ; j'aurais eu mille déceptions de ce genre qui m'auraient singulièrement fait souffrir, et à la fin je me serais arrêtée à ceci : que décidément vous n'aviez ni cœur ni âme, et que j'étais destinée à n'être pas comprise en amour.

Vous m'adorez et je vous le rends. Vous n'avez pas le plus léger reproche à me faire, et je n'ai pas le moins du monde à me plaindre de vous. Vous avez eu cette extrême bonté de dire que j'étais encore plus belle que vous ne l'imaginiez. Pour la beauté que je vous donnais, vous m'avez rendu beaucoup de plaisir; nous sommes quittes: je vais de mon côté et vous du vôtre, et peut-être que nous nous retrouverons aux antipodes.

Vivez dans cet espoir.

Vous croyez peut-être que je ne vous aime pas parce que je vous quitte. Vous reconnaîtrez plus tard la vérité de ceci. Si j'avais moins fait de cas de vous, je serais restée, et je vous aurais versé le fade breuvage jusqu'à la lie. Votre amour eût été bientôt mort d'ennui; au bout de quelque temps, vous m'auriez parfaitement oubliée, et, en relisant mon nom sur la liste de vos conquêtes, vous vous seriez demandé: «Qui diable était donc celle-ci?» J'ai au moins cette satisfaction de penser que vous vous souviendrez de moi plutôt que d'une autre. Votre désir inassouvi ouvrira encore ses ailes pour voler à moi; et j'espère que, dans le lit des maîtresses que vous pourrez avoir, vous songerez quelquefois à cette nuit unique que vous avez passée avec moi.

Jamais vous ne serez plus aimable que vous l'avez été dans cette soirée bienheureuse, et, quand même vous le seriez autant, ce serait déjà l'être moins; car, en amour comme en poésie, rester au même point, c'est reculer. Tenez-vous-en à cette impression, vous ferez bien.

Vous avez rendu difficile la tâche des amants que j'aurai (si j'ai d'autres amants), et personne ne pourra effacer votre souvenir.

Je ne suis ni capricieuse, ni folle, ni bégueule. Ce

que je fais est le résultat d'une conviction profonde. Ce n'est point pour vous enflammer davantage et par un calcul de coquetterie que je me suis éloignée de C***; n'essayez pas de me suivre ou de me retrouver: vous n'y réussirez pas. Mes précautions pour vous dérober mes traces sont trop bien prises, vous serez toujours pour moi l'homme qui m'a ouvert un monde de sensations nouvelles. Ce sont là de ces choses qu'une femme n'oublie pas facilement. Quoique absente, je penserai souvent à vous, plus souvent que si vous étiez avec moi.

Consolez au mieux que vous pourrez la pauvre Rosette, qui doit être au moins aussi fâchée que vous de mon départ. Aimez-vous tous deux en souvenir de moi, que vous avez aimée l'un et l'autre, et dites-vous quelquefois mon nom dans un baiser.

# REPÈRES BIOGRAPHIQUES

1811 Le 30 août: naissance de Pierre-Jules-Théophile Gautier à Tarbes.

1814 Son père, Jean-Pierre Gautier, est nommé chef de bureau aux octrois. La famille s'installe 130, rue Vieille-du-Temple.

1820 Théophile Gautier entre au collège royal Louis-le-Grand. Puis il est admis comme interne au collège Charlemagne. C'est là qu'il va faire la connaissance de Gérard de Nerval.

1824 Il commence à peindre.

1829 Il étudie à l'atelier de Rioult, rue Saint-Antoine.
27 juin: Pétrus Borel et Gérard de Nerval le présentent à Victor Hugo.
Il s'installe 8, place Royale.

1830 25 février: première d'*Hernani* à la Comédie-Française. Gautier s'y fait remarquer par son gilet rouge.
28 juillet: parution des *Poésies* (aux frais de son père) en pleine insurrection.

1831 15 mars: premier article (anonyme): « Un repas au désert d'Égypte ».
4 mai: *La Cafetière* paraît dans *Le Cabinet de lecture*.

1832 C'est l'année du « Petit Cénacle » avec Pétrus Borel, Gérard de Nerval, Célestin Nanteuil, Auguste Maquet, Jehan Duseigneur, Joseph Bouchardy,

Philotée O'Neddy, Jules Vabre. Les réunions ont lieu chez Duseigneur, rue de Vaugirard.
Août: *Onuphrius Wphly* est publié dans *La France littéraire.*
Octobre: *Albertus ou l'Âme et le Péché, légende théologique* (poésies).
Novembre: *Élias Wildmanstadius, ou l'Homme moyen âge* (dans *Annales romantiques*).
Projet d'un livre collectif avec les membres du «Petit Cénacle». Seuls Gautier et Nerval écrivent leurs textes.

1833 Août: *Les Jeunes-France, romans goguenards* paraissent chez Renduel, avec une vignette de Célestin Nanteuil. *Le Nid de rossignol. L'Amulette.*
Il commence la rédaction de *Mademoiselle de Maupin.*

1834 Janvier: premier article, dans *La France littéraire*, sur Villon (premier de la série des «Exhumations littéraires»).
7 février: *Omphale (Journal des gens du monde).*
Automne: Gautier s'installe impasse du Doyenné (aujourd'hui place du Carrousel).

1835 Gérard de Nerval crée la revue *Le Monde dramatique* à laquelle Gautier collabore.
Novembre: première partie de *Mademoiselle de Maupin; double amour.* Succès de scandale.

1836 Janvier: deuxième partie de *Mademoiselle de Maupin.*
Mars: création du journal bihebdomadaire *Aryel.* Gautier y publie *Salon de 1836.*
5 mai: il collabore à *La Chronique de Paris*, lancée par Balzac.
23 et 26 juin: *La Morte amoureuse* (dans *La Chronique de Paris*).

Juillet : il commence à collaborer avec *La Presse* d'Émile de Girardin.
24 juillet : Gautier part pour la Belgique avec Nerval.
24 août : retour à Paris.
26 août : « Les Peintures de la Chambre des députés » (dans *La Presse*).
Octobre : il s'installe au 2, rue de Navarin. Il donne des articles anonymes au *Figaro* dirigé par Alphonse Karr.
19-23-24 décembre : *Le Petit Chien de la marquise* (dans *Le Figaro*). Cette année-là, il partage sa chronique théâtrale avec Nerval.

1837 Gautier propose un ballet à l'Opéra : *Cléopâtre* (musique de Xavier Boiselot). Le manuscrit a disparu.
28 mai et 11 juin : *La Chaîne d'or ou l'Amant partagé* (paraît dans *La Chronique de Paris*).
28 mai - 24 juillet : *L'Eldorado* (intitulé plus tard *Fortunio*) paraît en feuilleton dans *Le Figaro*.

1838 8 janvier : « L'État de l'art dramatique en France ».
27 septembre : *La Pipe d'opium* (dans *La Presse*).
29 et 30 novembre, 1er, 2 et 6 décembre : *Une nuit de Cléopâtre* (dans *La Presse*).
*La Comédie de la mort*. *Fortunio*, chez Desessart.

1839 Janvier : *Une larme du diable, mystère*, chez Desessart.
6-12 août : *La Toison d'or* (dans *La Presse*).

1840 5 mai : départ pour l'Espagne.
27 mai : première livraison du *Voyage en Espagne* (dans *La Presse*), « Sur les chemins, lettres d'un feuilletoniste ».
Juin : il est chargé d'un rapport sur l'édification du tombeau de Napoléon Ier.

Juillet: *Le Chevalier double* (sous le titre de *Contes étrangers*, dans *Le Musée des familles*).
Septembre: *Le Pied de momie* (dans *Le Musée des familles*).

1841 28 juin: première de *Giselle ou les Willis*. Livret de Gautier d'après *Les Willis* de Heine.
Juillet: *Le Chevalier double, «Fantaisies littéraires»* (dans *Le Musée des familles*).

1842 Il reçoit la Légion d'honneur.
Gautier écrit «Shakespeare aux Funambules» (dans *La Revue de Paris*).
16-17 mars: il se rend à Londres. *La Mille et Deuxième Nuit*.
12 octobre: *Les Grotesques*, chez Desessart.

1843 *Tra los montes*.
17 juillet: *La Péri* (ou *Leila*) à l'Opéra. Le livret est de Gautier (inspiré de *La Mille et Deuxième Nuit*) et la musique de Josef-Friedrich-Franz Burgmüller.
1er septembre: vaudeville de Gautier au théâtre des Variétés.
Deuxième volume des *Grotesques*.

1844 Voyage en Gascogne.
1er-5 octobre: *Le Roi Candaule* (dans *La Presse*).

1845 7 avril: *Le Tricorne enchanté*, vaudeville, au théâtre des Variétés.
Printemps: *La Croix de Berny*, roman «steeple-chase» écrit à quatre mains par Gautier, Roger de Beauvoir, Delphine de Girardin et Jules Sandreau.
3 juillet: il part pour l'Algérie – avec son secrétaire Noël Parfait.

25 août: naissance de Judith (Louise-Charlotte-Ernestine) Gautier, fille d'Ernesta Grisi.
7 septembre: retour à Paris.

1846 13 janvier: *Les Roués innocents.*
1er mars: *La Fausse Conversion*, pièce (dans *La Revue des Deux Mondes*).
17 juin: voyage dans le nord de l'Allemagne.
24 juin: Rotterdam. Part pour Londres.
Été: il s'installe 18, rue Lord-Byron.
*La Presse* l'envoie en Espagne à l'occasion du mariage d'Isabelle II.
Fin octobre: retour à Paris.
13 novembre: *La Juive de Constantine* au théâtre de la Porte-Saint-Martin.
Décembre: *Voyage en Espagne*, en feuilleton, dans *Le Musée des familles* jusqu'en janvier 1847.

1847 Janvier: Militona.
Berlioz demande à Gautier le livret d'un ballet: *Mignon*, inspiré par *Wilhelm Meister* de Goethe; le projet reste sans suite.
1er octobre: *Ne touchez pas à la reine* (intitulé ensuite *Regardez, mais ne touchez pas*) au théâtre de l'Odéon.
4 octobre: première de *Pierrot Posthume.*
Naissance d'Estelle, sa seconde fille.

1848 Gautier devient directeur du feuilleton de *La Presse.*
26 mars: mort de sa mère.
26 avril: il publie le *Salon de 1848.*
6 août: il demande une allocation de terre en Algérie (Pétrus Borel y est alors sous-préfet).
20 septembre - 15 octobre: *Les Deux Étoiles* paraissent en feuilleton dans *La Presse.*
*Partie carrée.*

1849 Gautier s'installe à l'hôtel Pimodan. Puis il emménage au 14, rue Rougemont.
24 septembre : il dépose un rapport sur la liberté au théâtre devant la commission du Conseil d'État.
Voyage en Angleterre, aux Pays-Bas, en Belgique et en Espagne.

1850 Avril : *Le Sélam*, petit opéra, musique d'Ernest Reyer, au Théâtre-Italien.
9-26 juillet : *Jean et Jeannette, histoire rococo.*
31 juillet : il part pour l'Italie avec M. de Comenin.
19 octobre : *Lettre à la Présidente* (écrite à Rome).

1851 15 janvier : première de *Pâquerette*, ballet, musique de François Benoist.
8 mars : *Salon de 1851.*
Juin : parution du *Voyage en Orient* de Nerval.
14-25 août : *Italia* (dans *La Presse*).
1er septembre : article pour défendre Balzac dans *Le Journal des débats.*
1er octobre : lancement de *La Revue de Paris* d'Arsène Houssaye.

1852 1er mars : *Aria Marcella, souvenir de Pompéi* (dans *La Revue de Paris*).
9 juin : départ pour Constantinople.
28 août : Gautier quitte Constantinople pour Athènes.
17 juillet : *Émaux et Camées.*
14-22 septembre : séjour à Venise.
20 septembre : il devient cogérant du *Moniteur universel.*
*Caprices et Zigzags* paraît chez Victor Ducou. *Italia.*

1853 *Le Voyage à Constantinople* (dans *La Presse*).
*L'Excursion en Grèce* (dans *Le Moniteur universel*).

1854 Voyage en Allemagne.
*Gemma*, ballet, musique du comte Gabrielli.
22 août : mort de son père.

1855 26 janvier : mort de Gérard de Nerval.
1er juin : parution de dix-huit poèmes des *Fleurs du mal* de Baudelaire (dans *La Revue des Deux Mondes*).
29 juin : mort de Delphine de Girardin.
*Les Beaux-Arts en Europe*, Michel Lévy Frères (deux volumes).

1856 29 février - 3 avril : *Avatar* en feuilleton dans *Le Moniteur universel.*
25 juin - 23 juillet : *Jettatura*, en feuilleton dans *Le Moniteur universel.*
Gautier se présente sans succès à l'Académie française.
Hiver : il commence *Le Roman de la momie.*
26 novembre : Gautier devient rédacteur en chef de *L'Artiste.*

1857 11 mars - 6 mai : *Le Roman de la momie*, feuilleton (dans *Le Moniteur universel*).
Avril : il s'installe à Neuilly, 32, rue de Lonchamp.
25 juin : *Les Fleurs du mal* de Baudelaire paraissent chez Poulet-Malassis.

1858 24 janvier : « Bûchers et Tombeaux ».
22 avril : première de *Yanko le Bandit*, ballet, musique de Deldevez.
Mai : voyage éclair en Suisse, en Allemagne, en Hollande et en Belgique.
29-31 mai : « Ce qu'on peut voir en dix jours » (dans *Le Moniteur universel*).
14 juillet : *Çakuntalà*, ballet indien, d'après Kalidasa, musique de Reyer.

30 juillet : Gautier est fait officier de la Légion d'honneur.
15 septembre : il part pour la Russie.
Parution du *Roman de la momie. La Peau de Tigre.* Projet des *Trésors d'art de la Russie ancienne*, chez Gide Libraire.

1859 Voyage à Tarbes.

1861 3 août : il repart pour Saint-Pétersbourg avec son fils Théophile.
Octobre : retour à Paris.
25 décembre : premier chapitre du *Capitaine Fracasse* dans *La Revue nationale et étrangère* (jusqu'au 10 juin 1863).

1862 Août : Gautier se rend en Algérie à l'occasion de l'inauguration du chemin de fer de Blida.

1863 Gautier reçoit une pension de l'État.
14 août : représentation à Neuilly du *Pierrot Posthume* et du *Tricorne enchanté*, en présence de Flaubert, des Goncourt, de Garnier, de Champfleury, etc.
*Le Capitaine Fracasse*, Charpentier.

1864 Nouveau voyage en Espagne.
Voyage en Suisse.

1865 17 novembre : *Spirite* en feuilleton dans *Le Moniteur universel* (jusqu'au 6 décembre).
*Loin de Paris* (Michel Lévy).

1866 Fin février - mi-mars : Genève.
*Spirite* (Charpentier). Mi-novembre : il se rend en Italie.

1867 2 mai : Gautier se présente une nouvelle fois à l'Académie française. Nouvel échec.
*Salon de 1867.*
23 décembre : il se rend à Genève.

1868 7 mai : il se présente encore à l'Académie française.
Voyage.
Il rédige un rapport sur « Les Progrès de la poésie française depuis 1850 ».
Il est vice-président du jury du Salon.

1869 29 avril : il se présente une dernière fois à l'Académie française.
8 octobre : il part pour l'Égypte à l'occasion de l'inauguration du canal de Suez.
*Ménagerie intime.*
*Une douzaine de sonnets.*

1870 Mai-juin : Genève.
*Tableaux du siège* (dans le *Journal officiel*).

1871 Juillet-août : Montreux.
Il séjourne à Bruxelles.

1872 Édition définitive d'*Émaux et Camées.*
*L'Histoire du romantisme* (*Le Bien public*).
23 octobre : mort de Gautier.
25 octobre : funérailles nationales. Inhumation au cimetière du Montparnasse.

TABLE